먹고
살고
글쓰고

일러두기

- 장편소설, 단행본, 학술지 등 엮음 형태의 출판물은 겹낫표(『 』), 단편소설, 시는 홑낫표(「」), 영상물, 음악을 포함하는 기타 저작물은 겹화살괄호(《 》), 기사, 논문 등은 홑화살괄호(〈 〉) 를 사용하여 구분하였다.

먹고
살고
글쓰고

일하며 글쓰는 작가들이
일하며 글쓰는 이들에게

목
차

목
차

김현진

에세이스트, 소설가. 한국예술종합학교에서 영화 시나리오와 서사창작을 공부했다. 17살에 에세이집 『네 멋대로 해라』로 데뷔해 이것저것 글을 쓰다 정신 차려보니 도낏자루 썩는 줄 모르고 20년이 지났다. 에세이 쓰기 클래스를 운영하고, 개 산책을 의뢰받아 일한다.

『네 멋대로 해라』로 데뷔해 『뜨겁게 안녕』, 『XX같지만 이건 사랑이야』, 『육체탐구생활』, 『내가 죽고 싶다고 하자 삶이 농담을 시작했다』, 『녹즙 배달원 강정민』 등 단편소설집, 장편소설, 에세이집, 인터뷰집, 서신집 등 여행기와 자기계발서와 시집을 제외한 거의 모든 장르의 책을 고루—세어보니 16권, 공저를 합하면 훨씬 더 많다—발간했으나 그 많은 책 중 아직 베스트셀러는 내지 못했다. 한때 한국에서 발간되는 거의 모든 매체에 글을 실었으나 지금은 다소 한가하여, 성실 납품을 맹세하며 원고 의뢰 한 건 한 건을 매우 귀중하게 여기는 중. 세종우수도서와 문학나눔도서에 감사하게도 몇 차례 선정되었고 더욱 감사하게도 아르코문학창작기금을 수혜했다. 『내가 죽고 싶다고 하자 삶이 농담을 시작했다』가 경기도 우수출판물제작지원사업 1등작, 교보문고 이달의 책, 예스24의선택에 선정되었고 본격 동남아에 진출, 홍콩과 대만, 마카오에 팔았으며 최근 대만판이 출간되었다.

우리는
한 명 한 명이
죄다 돈키호테인 셈이다

　　그간의 세월을 돌이켜 보니, 실로 시간이라는 것이 유수와 같다. 그도 그럴 것이, 17살 때 첫 책을 쓰기 시작해서 도낏자루 썩는 줄도 몰랐던 나무꾼처럼 멍하니 자주 읽고 맹렬히 쓰다 보니 20년이 훌쩍 지나갔다. 삶이란 그렇게 나를 모르는 사람 대하듯 스쳐 지나갔다. 때때로 나를 기뻐 날뛰게 해주었던 삶이, 엄격한 간수처럼 철창 앞에 서서 나를 옥에 갇힌 죄수처럼 다그쳤던 삶이, 무언가를 쓰며 살아온 그 삶이 이제는 뭔가를 쓰지 않고 살았던 삶보다 더 길다. 글을 쓴다는 것은 행복한 일도 아니고, 명예와도 거리가 멀고, 돈과는 더욱 거리가 멀다. 그렇지만 아직까지 내가 이 길 위에 서 있는 이유는 무엇일까. 실은, 다르게 할 줄 아는 것이 없기 때문이다. 그러나 이 말을 뒤집어 보면 이 일 말고는 하고 싶은 일이 없다는 말과도 같다. 이렇게 근사한 척 폼을 잡은 셈 치고는 그동안 베스트셀러라 할 만한 책을 한 번도 쓴 적이 없으니 꽤나 민망하다.

지난 일을 돌아보지 않는 성격답게 그동안 쓴 책이 몇 권인지 세어 본 적은 없다. 우연한 기회에 나처럼 어영부영한 문과 인간이 아니라 뼛속까지 이과 인간인 동료 작가님께서 내가 쓴 책을 하나하나 손에 꼽아 주시는 바람에 그 자리에서 얼른 달아나고 싶었던 적이 있다. 하지만 달아날 수 있는 구멍이 없었기에 그대로 듣고 있을 수밖에 없었다. **여행기**(여행을 싫어하기 때문에 앞으로도 여행기를 내는 일은 없을 것이다. 집에서 책을 읽고 있으면 세상 어느 곳이든 다 가볼 수 있는데 굳이 돈 내고 비행기 타고 짐 싸고 체크인에 체크아웃, 그런 일을 왜 해야 한단 말이람?)와 시집과 재테크 책을 빼고는 거의 모든 분야에 걸쳐 안 쓴 책이 없었다. 에세이, 단편소설집, 장편소설, 서간집, 인터뷰집, 앤솔러지, 뭐 기타 등등, 기타 등등…….

이렇게 책을 많이 썼는데도 잘 팔린 책이 하나도 없다

니. 공저를 빼고도 혼자 쓴 책이 16권이라고 그 작가님이 손 꼽아 세어 주시는 바람에 나는 내 자신이 징그러워졌다. 세상에, 90년대, 2000년대, 2010년대, 2020년대에도 활동 중인데 잘나가는 책 하나가 없어. 하지만 나는 오래전부터 알고 있다. 소위 뭐가 '터질'지는 아무도 모른다는 사실을. 그리고 내가 처음 데뷔했던 90년대 후반, 아직 100만 부, 200만 부 찍는 책이 나오던 그 시절에도 책 만드는 사람들은 출판 시장이 다 죽었다고 앓는 소리를 해왔다는 것을. 요즘은 10만 부를 찍으면 엄청난 베스트셀러 취급을 받는다. 어쨌든 계속 쓴다면 내 책도 언젠가는 '터질' 예정인지도 모른다. 그러나 내가 그걸 노리고 오늘도 키보드를 두드리고 있는 것은 아니다. 그 긴 시간 동안 독자들의 사랑을 받아서 오늘의 내가 있기에, 언젠가는 갚기 위해 두드린다.

테네시 윌리엄스의 희곡으로 유명한 『욕망이라는 이름의 전차』의 여주인공 블랑쉬 뒤부아는 극의 말미에서 완전히 자기 자신을 잃어버린 채 의사의 지시에 따르며 이렇게 말한다. "나는 오랫동안 다른 사람들의 친절에 의지해 살아왔어요." 물론 나는 모든 면에서 블랑쉬 뒤부아와 다르지만, 이 대사는 내 마음을 저민다. 나 역시 낯모르는 이들, 알지 못하는 사람들, 그러니까 독자들의 다정함에 의지하여 지금까지 걸어올 수 있었기 때문이다. 재작년부터 시작한 에세이 메일링 서비스 〈월간 살려줘요 김현진〉도 그중 하나다. 오랜 우울증과 올해 들어 앓게 된 사소한 병고 때문에 에세이 배달을 뻑하면 빼먹었는데도 우리 독자분들은 독촉 한번 없다. 이런 서비스를 하는 다른 작가님들은 하루만 늦어도 욕을 먹고 소재가 마음에 안 들면 이런 건 네 일기장에나 쓰라고 욕을 먹는다는데 그런 말씀도 없는 독자분들을 생각하면 빨리 출세해서 은혜 갚아야지, 하는 생각에 정신이 번쩍 든다. 그래서 올해는 그 독자분들에게 받은 사랑을 조금이나마 돌려드리기 위해 뜻 있는 여성들과 작당을 시작했는데, 그것은 〈여성작가되기대작전〉이라는 거창한 이름을 가지고 있다. 한마디로 여성 작가를 키우겠다는 것이다. 왜 남성 작가가 아니냐고 묻는다면 그다지 할 말이 없다. 여성에게는 좀처럼 마이크가 주어지지 않는다. 요즘은 강한 여성이 많다는 반론이 있겠지만, 대부분의 여성들은 자신의 경험을 이야기하고자 할 때 이런 이야기는 누구나 겪는 것 아닌가, 내 이야기는 너무 평범하지 않은가, 하고 겁을 먹는다. 하지만 남성들은 대부분 거침없이 힘차게 자신의 이야기를 털어놓는 편이다. 이런 현실에 남녀합반을 하면 여성들의 목소리는 점점 작아지게 되는 경우를 그간 많이 보아, 여성작가를 키우기 위한 수업을 꾸렸다.

무슨 예술 지원금이나 기관에서 지원받는 것도 아닌데 내가 혼자 총대를 메고 이런 걸 꾸린 이유를 가끔 묻는 이들이 있다. 그건 한마디로 미친 듯이 갑갑했기 때문이다. 이건 내가 늘 이상하게 여기는 것인데, 직업을 묻는 질문에 내가 '작가'라고 대답하면 늘 거창한 대답이 돌아온다는 것이다. 어, 저도 작가 되고 싶어요. 어릴 때부터 꿈이 작가였어요. 제 이야기로 책을 쓰면 열 권도 넘을 거예요. 제 버킷리스트 중 하나가 죽기 전에 제 이름으로 된 책을 하나 갖는 거예요. 그래서 그럼 언제 책을 쓰실 거냐고 물어보면, 모두 가지각색의 이유를 댄다. 지금은 시간이 없어서, 당장 분주한 일이 있어서, 애가 좀 크면, 학교를 졸업하면, 승진을 앞두고 있어서, 회사가 바쁜 시즌이어서. 하지만 그날은 영원히 오지 않는다.

회사 일이 좀 가벼워지고, 아이가 손이 가지 않을 만큼 적당히 자라고, 승진 후라 이제 한숨 돌리고, 중요한 시험이 끝나면 이제 글 쓸 시간이 날 것 같지만, 그런 날은 절대로 오지 않는다. 그날은 결코 찾아오지 않는다. 그날이 찾아오도록 하려면, 내가 그날을 끌어당기는 수밖에 없다. 내가 그날을 만들어야 한다. 그날을 만들려면, 지금 당장 책상 앞에 앉아 글을 쓰기 시작하면 된다. 그러면 그 순간 당신은 작가가 된다. 작가가 되기란 그토록 간단하다. 걷기가 간단한 이유와 비슷하다. 왼발을 옮기고 오른발을 옮기고, 다시 왼발을 옮기고 오른발을 옮기는 것처럼, 다리가 무거워도 옮기다 보면 저만치 가고 있는 자신을 발견하게 되는 것처럼. 당장 오늘부터 시작하여 아직은 글 쓸 여유가 없다는 머릿속의 속삭임을 꽉 누르고 묵묵히 쓰는 것이다. 그래서 '지금 당장 작가가 되자'라는 목표를 가진 작가 클래스를 시작했다. 내가 그 클래스에서 가르칠 수 있는 것은 사실 별것 없다. 다독, 다작, 다상량이라는 오래된 교훈을 반복해서 이야기하며 학생들이 왼발 옮기고 오른발 옮기는 걸음마를 지켜보는 것, 그러면서 간혹 넘어지지 않도록 붙잡는 것뿐이다.

정작 글을 쓴다, 라는 이 간단한 실천을 하지 않는 사람들은 사실 책을 쓰는 것의 고통스러움을 감당할 생각이 없는 경우가 많다. 아마 책을 쓰기보다는 '갖고' 싶은 것이기에 여유가 되면 백발백중 대필 작가를 고용할 것이다. 나도 대필 작가 섭외를 받은 일이 몇 번 있었고 죄다 와장창 거절했다. 대필 작가를 고용한 이들은 하나같이 자신이 쓴 건 한 글자도 없으면서 기어코 자신의 이름을 올리고 싶어 하는데, 그 이유를 나로서는 도대체 알 수가 없다. 정직하게 자신이 구술하고 작가의 도움을 받았다고 기재하는 것이 훨씬 성숙한 태도라고 생각한다. 어쨌든 이런 사람들은 모니터 앞에 앉아 끄적끄적 글을 쓰면서 고생할 생각은 전혀 없고, 대부분 '언젠가 작가가 된 나의 기분'을 떠올리며 흐뭇해할 뿐이다. 이 글을 읽는 당신도 작가가 되고 싶다면, '정말로 작가가 되고 싶은지'를 다시 자신에게 물어보아야 한다.

정말로 작가가 되고 싶은가? 작가가 되는 것과 작가가 되고 싶은 삶은 다르다. '작가님'이라는 소리를 듣는 뿌듯한 기분이 처음 얼마간은 달콤할지도 모르겠다. 대형 서점에 가서 매대에 놓여 있는 내 책을 보는 기분이 두근두근할 수도 있다. 누군가의 요청으로 책에 사인을 해주는 내 모습이 내심 자랑스러울 것이다. 어쩌면 요즘 잘나가는 사람들이 그러하듯 내 책이 일종의 명함이 되어 그걸로 텔레비전 출연을 해서 돈을 벌기도 하고, 책이 계기가 되어 대기업 강연이라도 가게 되면 인세와는 비교도 되지 않는 떼돈을 벌 수 있을지도 모른다는 꿈도 꿔볼 만하다! 햇볕이 잘 드는 작업실을 마련해서 직접 내린 드립커피 한 잔과 함께 작업에 몰두하는 내 모습도 꿈이 아닐지 모른다! 그리하여 복잡한 시간에 출퇴근을 하지 않아도 되는 나는야 멋진 프리랜서.

하지만 아마도 개꿈일 테니 빨리 깨는 것이 좋다. 대부분은 방구석에 처박혀서 곧 출판사에서는 왜 내 책을 광고해 주지 않을까, 하며 불만스러워할 것이다. 누구누구의 책은 영화나 드라마로 제작되기로 해서 2차 판권을 팔았다는 소식을 들을 때마다, 모파상이 그랬던가, 친구들이 하나씩 성공할 때마다 내 영혼 어딘가가 죽어가는 것 같았다고, 그런 기분을 끝없이 느끼며 살게 될 것이다. 가끔 생애 첫 책을 내는 분들이 나에게 충고나 조언을 바라는 경우가 많은데, 나는 그 기대에 찬 말간 얼굴들을 보며 차마 어떤 말도 할 수 없다. 그분들은 단 한 명도 빼놓지 않고 그 첫 책이 베스트셀러가 되어 교보문고 베스트셀러 10위 안에 랭크되리라는 기대를 하고 있는데 그 기대를 깨는 악역이 되고 싶은 사람이 누가 있겠는가. 메시지가 마음에 안 들면 메신저를 죽이는 세상에서. 하지만 정말 가까운 사람 중 첫 책을 내는 사람에게는 바른말을 한다. "안 팔려요."

출판계약서에 작가는 '갑'이라고 쓰여 있지만 천만의 말씀, 우리는 갑이 아니다. 갑질을 할 수 있는 사람은 0.00001% 정도의 작가를 빼면 존재하지 않는다. 아마 당신이나 나는 죽을 때까지 을로 살 확률이 높다. 내가 쓰려는 책에 대해 이해도도 깊고 열성이 넘치는 명민한 편집자를 만나서 함께 책을 만들어가게 된다면 작가 인생에서 손으로 꼽을 만한 행복한 시간이 되겠지만 한창 초짜라거나 격무에 지쳐서 위에서 하라는 일을 기계적으로 하는, 또는 의욕은 넘치는데 실력이 안 되는 편집자를 만났다면 이런 말을 죽도록 듣게 될 것이다. "작가님, 잘 모르겠지만 이건 좀 아닌 것 같아요." 이런 소리를 대여섯 번 이상 듣게 되면, 자기도 모르게 미치고 팔짝 뛰게 될 거라고 내가 장담한다. 나는 경력이 20년 차를 넘어가고 나서도 책 표지, 심지어는 책 제목 선정 과정에서도 배제된 적이 있다. 편집부에서 알아서 결정해 버리고 완성본을 보냈기에 당시 나는 시중에 책이 풀린 후에야 내 책이 어떻게 생겼고 제목이 뭐라고 지어졌는지 알게 되었다.

프리랜서는 '프리'해서 자유로운 것 같지만 때로는 '공짜'라서 '프리'다. 싸구려 취급받아서 '프리'인 것이다. 자유로운 것은 혼자라는 뜻이다. 그래서 일을 받으려면 맨몸으로 어디에든 부딪혀야 한다. 인맥을 모조리 스스로 개척해야 하고, 쥐꼬리만 한 원고료도 요즘 같은 불경기에는 속이 아플 정도로 후려치기를 당하거나 벼룩의 간만 한 돈을 조금만 기다려 달라 해서 기다리면 지칠 때쯤 입금되는 경우도 허다하다. 그러면서 나에게는 마감 시한이 당겨졌다며 갑자기 재촉하는 일은 일상다반사다. 그런 인간관계에 관한 문제뿐만이 아니더라도, 마감 때문에 하루하루 하얗게 질린 얼굴로 작업에 몰두하고 햇빛을 못 본 채 누가 봐도 건강치 못한 안색으로 위에 구멍이 날 때까지 키보드를 두드려 겨우 글을 완성하고, 완성한 후에는 그러지 말아야지, 하고 몇 번이나 다짐하면서도 결국 포털 사이트에 내 이름을 쳐서 에고 서치를 하며 누군가 내 글을 재미있게 읽었기를 하염없이 기원하는 것이 작가라는 가여운 존재다. 그래서 나는 작가 클래스 첫 시간에 이런 말로 수업을 시작했다.

"절대로, 절대로, 절대로 직장을 그만둬선 안 됩니다."

일본에는 '아버지 발뒤꿈치는 피가 날 때까지 갉아먹어

라'라는 속담이 있다고 한다. 잘은 모르지만 기댈 구석이 있으면 어떻게 해서든 붙고 보라는 뜻 같은데, 글쓰기 같은 예술 쪽 분야에 뜻이 있다면 절대 돈 나오는 구멍을 함부로 해서는 안 된다. 간혹 생업을 그만두고 글쓰기에 전념하겠다는 사람이 있는데 도시락을 몇 개씩 싸들고 쫓아다녀서라도 말리고 싶다. 첫째는, 예술은 짧고 인생은 길기 때문이다. 무슨 수를 써서라도 직장에는 붙어 있어야 한다. 배가 고프면 글도 쓸 수 없다. 두 번째는, 지금은 아닌 것 같더라도 그 직장에서 일하는 지극히 평범한 일상 역시 펜을 쥔 당신의 무기가 되기 때문이다. 20년 정도 전까지는 작가로 이름을 떨치는 이들의 대부분이 전업작가였고, 생업과 작가 생활을 함께 꾸려나가는 이는 거의 보기 힘들었으며 있어도 이들을 생활과 타협했다는 식으로 바라보는 경우가 많았다. 그런데 약 10년 전부터 문인들이 편집자로 일하는 경우가 많아졌다.

풀릴 줄 모르는 불경기 때문에 그렇게라도 일을 해야 하기 때문이기도 하겠지만, 머릿속에 있는 것만 짜내는 것만으로 글을 꾸려내는 것보다 다양한 경험을 하면서 그들의 문학세계도 더욱 풍부해지게 된 것이 아닌가 싶다. 그리고 좀 거창한 이야기지만, 우리는 지금 이 시대에 태어난 것을 조금은 체념해야 한다. 인류 역사상 책이 각광받는 시대가 있긴 했다. 그런 시대에는 작가 역시 각광을 받았을 것이다. 불과 30년 정도 전만 해도 몇백만 부 정도 팔아 돈방석에 앉는 작가들이 있긴 했다. 하지만 우리는 잘못된 때에 태어났다. 책으로 재미를 보기에는 아주 좋지 않은 때에 태어나 버린 것이다. 컴퓨터 게임, 스마트폰, 유튜브 등, 책보다 재미있는 것이 훨씬 더 많은 시대에 태어나 글 같은 걸 쓰겠다고 이렇게 애를 쓰고 있으니 우리는 한 명 한 명이 죄다 돈키호테인 셈이다. 이런 시대에 태어났다는 걸 겸허하게 받아들이는 것이 앞으로 글 쓰는 이로 살아남기 위해 필요한 의연한 태도가 될 것이다. 간단히 말해 글 써서 돈은 못 벌겠구나, 하는 걸 받아들이는 것이다.

물론 누군가는 돈을 벌겠지만 그게 내가 될 가능성은 극히 적다. 돈에 대해 건전하게 비관적인 태도를 갖는 것이 좋다. 패배의식을 가지라는 것이 아니다. 이 바닥이 돈을 벌기는 어려운 곳이구나, 돈 욕심을 부리기에 적합한 곳은 아니구나, 하고 어깨를 으쓱하고는 품위 있게 체념하는 태도가 필요하다. 돈 벌기 위해 이 일을 선택한 것이 아니니 돈과 내가 만족할 수 있는 가치 사이에서 우아하게 타협할 수 있는 방책을 찾아야 한다. 그것은 쓰는 사람만의 문제가 아니라 책을 만드는 사람들에게도 최근 매우 심각한 문제다. 얼마 전 좋은 대학을 나왔고 아주 훌륭한 경력을 가진 시니어 편집자가 한국에서 가장 규모가 큰 출판사 중 한 곳에 면접을 보았는데 그곳에서 제시한 연봉이 그가 개발자로 전업하고 나서 신입 개발자로 처음 받은 연봉과 똑같았다는 이야기를 들었다. 편집자들 역시 많은 돈을 벌며 일하는 것이 아니고, 책과 작가를 좋아하여 박봉과 격무를 견디고 있으니 위태로운 조각배를 함께 탄 승객으로서 경의와 연민을 표하는 것이 마땅하다.

아무리 평범하고 초라한 일터라 하더라도 그곳에서 겪은 일이 작가의 무기가 된다는 말은 실은 내가 겪은 일이기도 하다. 나는 생활력이 희박한 부모님 덕택에 일찍부터 사회의 뜨거운 맛을 봤는데, 어쩌다 보니 별 희한한 곳에 발을 들이고 또 들이면서 일백 번 고쳐 죽고 싶었던 적이 한두 번이 아니었다. 20대 초반에 다닌 회사에서는 쓸데없는 위계질서를 없애겠다며 회장(50명도 안 되는 회사에 웬 회장이 있는지!)부터 사원까지 영어 이름을 지어 부르자더니 결국 '마이클 회장님, 스티브 부장님이 지금 시간 있으신지, 테리 과

장님하고 수잔 대리님하고 같이 기다리고 있다고 하십니다'
라고 괴상망측하게 대화해야 했다. 회장이 유난히 기분파라
가끔 발작을 일으켜 말도 안 되는 소리로 우리를 핍박할 때
마다 나는 억울한 심정을 어떻게든 풀어야 했기에 야근하는
척 늦게까지 남아 있다가 회장실에 살금살금 잠입했다.

　그곳에는 회장만 혼자 쓰는 조그마한 냉장고가 있었는
데, 회장이 신줏단지처럼 소중히 모셔 놓고 병아리 눈물만
큼씩만 손을 달달 떨면서 아껴 마시는 지리산 고로쇠물인
가 뭔가가 잔뜩 들어 있다는 것을 알고 있었기 때문이었다.
가끔은 진짜 무안단물인가 뭔가를 구했다고 자랑을 늘어지
게 하는 것도 보았지만 우리에게는 한 방울도 나눠 주지 않
았다. 그래서 회장에게 뭔가 복수해야 할 일이 생기면 나는
어둠을 틈타 회장의 냉장고에 다가가 무안단물인지 지리산
고로쇠물인지를 벌컥벌컥 마셔 버리고 입을 슥 닦은 후 수
돗물을 꽉꽉 채워 놓았다. 회장님, 요즘은 아리수도 꽤 맛이
좋습니다. 근데 이거 뭐 아무리 먹어도 건강이 좋아지지도
않는데 대체 왜 먹는 거예요?

　그때는 회사에 불이라도 지르고 싶을 만큼 속 터지는

일이 많았지만 결국엔 불 지르지 않기를 잘했다. 그 모든 것이 글쓰기를 위한 훌륭한 장작이 되어 주었다. 당신이 글을 쓰는 사람이라면, 우리는 행운아다. 글을 쓰지 않는 사람이라면 고약한 일을 당했을 때 화가 나서 펄쩍펄쩍 뛰는 것밖에 할 수 있는 일이 없지만, 우리는 이를 악물고 종이에다 그 일을 두드려 댈 수 있지 않은가. 안네 프랑크가 말했듯 종이는 인간보다 참을성이 많으므로, 컴퓨터 모니터에서 반짝이는 커서가 우리에게 그 이야기를 더 해보라고 자애롭게 재촉한다.

회사를 그만두지 말라고 이토록 종용하는 나도 전업작가 생활을 동경하지 않은 것은 아니다. 하지만 한국에서 전업작가로 생활할 수 있는 사람이 과연 얼마나 될까. 인세 생활자, 라고 하면 고작 무라카미 하루키 정도밖에 떠오르지 않는다. 평범한 나는 모친도 모시고 해야 하니 어쩔 수 없이 주경야독의 길을 걸어야 했다. 그렇게 글 쓰고 일하면서 가장 희한했던 일은 말들의 시중을 든 일이다. 그렇다, 히히힝 하고 우는 그 말들 말이다. 물론 말들을 우리 집에 초청했다거나 그런 건 아니고 내가 말 목장에 가서 일했다. 산꼭대기에 목장이 있어서 왕복 12km 정도였는데, 버스 같은 건 당연히 다니지 않고 걸어가려면 한없이 걸어야 해서 대표가 스쿠터를 한 대 빌려주었지만 비가 오는 날이면 아무 소용 없는 교통수단이었다. 택시를 부르면 잘 오지도 않을 뿐더러 턱없이 비싼 요금을 불렀지만 밥은 먹고 살아야 하니 그 돈을 줄 수밖에 없었다.

나는 홍보마케팅을 위해 입사했지만 정신 차려보니 어느새 말들을 돌보고 있었다. 아이들을 태우는 자그마한 말들의 시중을 드는 것이 일이었다. 말이 작다고 해도 일단 육중한 동물이라, 발굽에 슬쩍 밟혔는데도 엄지발톱이 떨어져 나갔다. 마구간의 하루는 일찍 시작된다. 새벽 네 시면 벌써 배가 고파 발을 구르는 말들에게 한 마리씩 마방굴레를 매어 운동장으로 내보낸 후 구유에다 아침을 먹인다. 말이라고 하면 평화롭고 착한 동물 같지만 철저한 서열 동물이라 약한 놈이 먼저 먹으려 하면 험악한 놈이 발로 걷어차 버린다. 말들이 나간 마방 안을 청소해야 하는데, 어젯밤에 녀석들이 잘 살아 있었던 증거로 오줌과 똥이 꽉꽉 차 있다. 비닐장갑으로 똥을 주워 담는 것까지는 힘들지 않지만 방마다 똥이 커다란 양동이 한 가득 나와서 이걸 옮기려면 근력이 필요하다.

그 다음에는 깔짚을 치워야 하는데, 냄새가 지독한 말 오줌이 흠뻑 배어 있어 짚풀이 한 덩어리가 되어 바위처럼 묵직하다. 오줌으로 젖어 덩어리가 된 부분을 아주 큰 삽으로 박박박 긁어내고 아직 활용할 수 있는 깨끗한 깔짚은 가장자리에 놔둔다. 마방마다 오줌을 흠뻑 먹은 깔짚이 가운데에 모였으면 손수레를 가져 와서 삽으로 떠 담는다. 손수레가 찰 때마다 다시 비우고 다시 수레를 끌고 오고 또다시 수레를 끌고 온다. 그 와중에 딸기를 키우는 이웃 농민이 비료로 가져갈 수 있도록 포대에 말똥을 채워 놓는 것도 잊어선 안 된다. 오염된 깔짚이 깨끗한 부분과 섞이지 않도록 재빠르게 삽으로 오물을 떠내야 하는데, 쉽지 않다. 앞으로는 남자들이 군대에서 삽질한 이야기를 하면 잘 들어줘야지, 하고 실없는 결심을 한다.

폐기해야 할 깔짚을 다 치우면 어깻죽지가 얼얼하다. 그렇지만 손님들이 오기 전에 다음 작업에 들어가야 한다. 오줌에 젖은 바닥에 파리 등 각종 해충이 생기지 않도록 소독약을 방마다 세심하게 뿌려 준다. 소독이 끝났으면 아직 활용할 수 있는 깔짚을 방 안에 고루 펴 놓아야 한다. 이 작업은 흔히 미화원 분들이 많이 쓰는 초록색 큰 빗자루를 가져다가 하는데, 이것을 '베딩(beddng)'이라 부른다, 하루에 한두 개의 마방은 완전히 베딩해야 한다. 그 방에 정말 먼지 한 톨 남지 않도록 모든 깔짚 부스러기까지 다 쓸어내고 방을 깨끗이 비운 다음 바닥과 벽까지 모두 소독하는 것이다.

새 깔짚을 가져오기 전에 방에 남아 있는 깔짚을 골고루 까는 간단한 베딩 작업을 하다 보면 아까 미처 눈에 띄지 않았던 말똥이 끝도 없이 굴러 나온다. 집게를 가져다가 못 보았던 말똥을 일일이 집어낸다. 그렇지 않으면 순식간에 파리가 신나게 끓는다. 똥을 다 골라냈으면 오염된 깔짚을 치워버린 만큼 새 깔짚을 보충해야 한다. 웬만한 쌀포대 두 개 정도 크기의 포대자루에 팽팽하게 담겨 있는 깔짚은 빵빵하고, 또 무겁다. 굴리지 않으면 이걸 옮길 수가 없는데, 이른 새벽 혼자 자루를 굴리고 있는 나를 도와 줄 사람은 아무도 없다. 위쪽에 있는 창고까지 가서 끙끙대며 온 힘을 다해 마사 쪽으로 자루를 굴린다. 계단을 어찌어찌 굴러 자루가 마사 앞에 무사히 도착하면 그 자루를 깔짚을 보충해야 할 방으로 질질 끌고 가야 하는데, 절로 낑낑대는 소리가 난다.

어쨌든 자루를 옮겨 오긴 했다. 이제 자루를 끌러서 적당한 양을 쏟아야 한다. 웬만한 일문형 냉장고만 한 빵빵한 포대에서 딱 적당한 양의 깔짚을 꺼내기란 쉽지 않다. 유도의 안아치기 자세를 하듯 포대를 부여안은 채 한참을 끙끙거리면 그제야 포대가 깔짚을 토한다. 방마다 자루를 질질 끌고 다니면서 깔짚을 보충한다. 그 작업을 끝내면 남은 깔짚을 여며 창고에 가져다놓고, 다시 미화원 빗자루를 가져와 새 깔짚으로 헌 깔짚 위를 매끈하고 폭신하게 덮어 준다. 그러다 보면 미처 못 본 똥이 또 튀어나오는데, 또다시 달려가서 집게를 가져다가 집어내야 한다. 말 돌보기란 똥, 똥, 똥, 똥과의 싸움이다. 이렇게 괴로울 때는 나를 죽이지 않는 것은 반드시 나를 강하게 만든다, 나를 죽이지 못한 것은 분명히 언제나 글감이 된다, 라는 신념이 갈대처럼 흔들렸다. 여기에 글로 쓸 게 대체 뭐가 있단 말인가. 나는 모든 것을 다 알뜰하게 써먹으며 살아왔다. 심지어 대학 때 수업이 지루해서 노트에 끄적거렸던 이야기마저 단편집 『정아에 대해 말하자면』(다산북스)에 실었을 정도니 나를 스쳐간 경험이라면 무엇 하나 놓치지 않고 발톱으로 꽉 움켜쥐어 소재로 삼았다.

그렇지만 여기서는 도대체 뭘 쓸 수 있을지 알 수 없었다. 그래도 노동은 하루하루 계속되었다. 운동장에 우두커니 서 있는 말들이 마실 물을 가득 채우고 저녁에 먹을 건초를 정리해 둔 후 마사를 청소하고 말들이 여기저기 싼 똥을 또 치운다. 나중에는 말들이 똥 만드는 자판기로 보일 정도였다. 하필 때는 여름, 작열하는 햇살 아래 이리저리 뛰어다니며 똥을 치우다 보면 카뮈의 『이방인』이 이해될 정도였다. 그래, 오죽이나 해가 뜨거웠으면…….

　말똥보다 괴로웠던 것은 사람이었다. 대표는 독특한 사업을 론칭한 사람답게 좀 독특한 사람이었다. 사람에게 화내는 포인트도 좀 독특했다. 근방의 주부 두 사람을 사원으로 채용했는데, 추석 휴가가 지난 후 그는 그 주부 사원들에게 무척 화가 나 있었다. 왜 그렇게 화가 났는지 들어 보니, 집에서 추석 쇠고 이것저것 해 먹었을 거면서 추석 음식 하나 싸가지고 오지 않았다는 거였다. 나는 모친과 단둘이 지내고 기독교인이라는 것을 알고 있었기에 다행히 그런 기대를 피한 모양이었다. 그래도 그렇지……. 저기요, 명절 음식을 드시고 싶으면 그냥 사 드시지요……. 당장 뒷목을 잡고 쓰러지고 싶었지만 혈관이 튼튼한 것이 유감스러웠다.

가끔 그는 주부 사원들과 의견이 부딪치곤 했는데, 전형적인 독불장군 보스 타입이라 누군가와 의견이 상충되어 논쟁하는 것을 참지 못했다. 논쟁을 자신에 대한 하극상으로 받아들이는 거였다. 그래서 그에게 반대 의견을 제시한 주부 사원이 사무실 문을 닫고 나가자 그는 사원님이 닫고 나간 문에 세차게 자기 핸드폰을 집어던졌다. 그때 나는 오싹해졌다. 나도 지금 눈 밖에 났는데, 다음에는 문이 아니라 내가 핸드폰에 맞을지도 모르겠구나……. 나는 흔히 홍보담당이 그러하듯 보도자료를 만들어 언론사 등에 배포했는데, 일한 지 2주나 지났을까 말까 할 때 대표는 나에게 분노를 터뜨렸다. 보도자료 보냈는데 왜 아무도 취재를 오지 않느냐는 거였다. 그게 그렇게 쉬우면, 세상이 얼마나 행복할까요…….

그렇게 버럭 화를 낸 다음 아주 가끔 그는 사과를 할 때도 있었다. 그럴 때 그는 자신이 분노조절장애라고 말하곤 했다. 하지만 나는 그가 형님, 형님이라고 부르는 사람들 앞에서는 분노를 아주 잘 조절하는 것을 여러 번 보았다. 나는 그때쯤 해서 다시 슬슬 술을 마셨다. 목장에서 툭하면 겪는 모멸에서 어떻게 벗어나야 할지 알 수 없었다. 한 번도 그런 적 없었는데, 왼쪽 귀에서 이유 없이 피고름이 줄줄 흐르기 시작했다. 귀를 파고 그런 적도 없었건만 늘 미열이 나면서 고름을 줄줄 흘렸다. 불 타듯 열이 나는 것도 아니니 대표는 도대체 뭐가 아프다는 건지, 아프긴 아픈 건지 의심하는 표정이었다. 원래 자신 말고 다른 사람을 잘 믿지 않는 사람이긴 했다. 아무리 치료를 받고 항생제를 먹고 무슨 약을 먹고 해도 매일매일 피고름이 흘렀다. 병원에서는 도대체 왜 이런 건지 모르겠다며 자꾸 이런 증상이 계속되면 수술을 하는 수밖에 없다고 했다. 그때 언니가 찾아왔다.

안 그래도 친구가 많지 않았지만, 나는 서울 근교였던 목장 인근으로 이사하면서 내가 살게 된 곳을 아무에게도 알리지 않았다. 말을 돌보는 일을 한다는 걸 알면 사람들이 놀랄 것도 싫었고, 새로운 곳에서 조용히 새 삶을 시작하고 싶다는 생각을 하고 있었다. 그런데 언니가 찾아온 거였다. 이 언니는 나의 무척 오래된 독자로, 성격이 아주 조용하고 얌전한 사람인데 몇 년 전 내게 아주 진심 어린 편지를 보내 와서, 절대 독자와 사적 관계를 맺지 않는다는 내 원칙을 깨고 언니 부부와 식사도 하고 언니가 내가 살던 천안 집에 놀러 와서 자고 가기도 하면서 천천히 친해졌다. 그러면서 언니 부부가 다른 나라에 일 년간 머물러야 할 일이 있어서 서울에 있는 집이 비니 와서 지내도 좋다는 호의를 베풀기도 하여 무척 고마운 사람이었다. 그런 언니조차도 나는 만나고 싶지 않아 전화를 모조리 꺼놓고 방에 처박혀 홀로 지냈다.

그런데 누가 벨을 눌러 문을 여니 언니였다. 아무도 나를 못 찾을 줄 알았는데, 언니는 택배로 나에게 뭘 보냈던 주소에 의지해 나를 만날 수 있다는 보장이 없는데도 두 시간이나 걸리는 길을 무턱대고 온 거였다. 그간 있었던 일을 대강 털어놓으며 길을 걷는데 귀에서 여전히 피고름이 줄줄 흘러나오자 언니가 흠칫 놀라는 것이 보였다. 그때 대표에게서 전화가 걸려 왔다. 내가 하얗게 질린 채 휴대폰 밖에서도 뚜렷이 들릴 정도로 커다랗게 쏟아지는 온갖 비난과 인신공격을 듣고 있는 것을 본 언니의 얼굴이 석고처럼 굳어졌다. 전화를 끊자 그 소심한 언니가, 조용한 언니가, 자기주장이라곤 없는 사람인 줄 알았던 언니가, 갑자기 말했다. "작가님, 우리 집에 가요." "네?" 나는 놀러 가자는 이야기인

우리는 한 명 한 명이 죄다 돈키호테인 셈이다31

줄만 알았는데 언니는 심각한 얼굴을 하고 있었다. "당장 필요한 짐만 싸요. 작가님, 여기 있다간 죽겠어요. 아니, 죽어요. 그 일, 당장 그만둬요. 거기 있으면 안 돼요. 우리 집에 가요. 우리가 밥은 먹여줄 수 있으니까, 가요."

그 얌전하기만 하던 언니가 갑자기 불꽃처럼 나를 휘몰아치는 바람에, 나는 정말로 며칠 입을 옷과 집에서 기르던 강아지까지 데리고 언니가 남편과 함께 사는 집에 굴러들어갔다. 그 집은 심지어 원룸이었는데도! 언니는 남편에게 딱한 마디만 했다. "오빠, 우리 오늘부터 같이 살자. 현진 작가, 거기 있으면 죽어." 주위 사람들도 다 미쳤다고 했고 나도 언니가 미쳤다고 생각했지만 꿋꿋했던 것은 언니뿐이었다. 그리고 벌써 우리가 함께 산 지 5년이 되고 돌아보니 언니는 결코 미친 것이 아니었다. 말농장을 떠나자 거짓말처럼 피고름이 싹 그쳤다. 나는 당연히 며칠 정도 일종의 긴급피난처처럼 이곳에 있다가 곧 돌아갈 거라 생각했다. 그도 그럴 것이, 어떤 남편이 이러한 동거를 허락하겠는가?

그런데도 세상에나, 오빠는 언니가 자분자분한 말투로 현진 작가가 말농장에서 어쨌고 저쨌고, 전화 통화를 하는 걸 보니까 어쨌고 저쨌고, 저 피고름이 어쨌고 저쨌고, 하며 설명하는 것을 끈기 있게 끝까지 듣더니 내가 생각지도 못한 대답을 했다. "그래요, 여기 있어요. 그러다간 죽겠다, 정말." 나는 내가 그러다 죽을 거라 생각하진 않았는데 내가 어떻게 지내는지 목장에 보러 오셨던 라종일 교수님까지도 나한테 큰일이라도 날까 봐 걱정하셨다고 후에 들은 걸 보니 정말 심상치 않아 보였던 모양이다. 그래서 언니가 특단의 조치로 나를 구출했던 것 같다. 처음 몇 달은 원룸에서 언니, 오빠, 내가 데려온 강아지, 원래 언니 부부가 기르던 고양이까지 지냈고 그다음에는 방 두 개가 있는 집으로 이사했고 그다음에는 오빠가 기다리고 기다리던 교수 임용이 되었기 때문에 방 세 개가 있는 아파트로 이사했다. 내가 굴러들어온 복덩이라서 오빠가 교수도 되고 원룸에 셋이 살다가 이렇게 큰 집에 산다고 뻔뻔하게 굴면 두 사람은 맞는 말이라며 웃어 준다. 나도 가끔 나를 보면 미친 것 같다. 언니와 오빠도 만만찮게 이상한 사람들이다. 독자의 집에 사는 작가라니! 들어본 적도 없다. 스티븐 킹의 『미저리』가 있긴 하지만 그건 독자에게 납치된 거니 상황이 다르다. 이렇게 먹여 주고 입혀 주니 나는 글만 잘 쓰면 된다. 그러니까, 내가 인세 생활자 수준의 수입을 올리고 있지는 않지만 이 부부가 먹여 주고 입혀 주고 공짜로 살게 해주는 등등의 비용을 환산해 보면 웬만한 인세 생활자 정도는 되는 생활일 것이다. 20년 넘게 글을 쓰다 보니 별일이 다 생긴다. 오래 글 쓰다 보니 이런 식의 좀 희한한 전업작가가 되는 일도 있다. 글을 살찌우는 일들은 이렇게, 간혹 아주 의외의 장소에서 나타난다. 언니와 오빠는 내 책 『뜨겁게 안녕』(다산북스)을 읽고 내 손을 잡았다. 우연히도 나는 10년 전 그 책을 쓰며 10년 후 나를 도와 내 글을 살찌우는 일을 한 것이다. 그 책을 쓰지 않았더라면 우리는 영원히 남남이었을 것이므로. 베스트셀러 작가만이 행복한 것이 아니다. 안 팔리는 책도 가끔은 작은 기적을 일으킨다.

* 〈월간 살려줘요 김현진〉 메일링 서비스는 neopsyche11@naver.com로 문의 바랍니다.

이서수

2014년 동아일보 신춘문예로 등단. 소설집 『젊은 근희의 행진』, 『엄마를 절에 버리러』, 중편소설 『몸과 여자들』, 장편소설 『헬프 미 시스터』, 『당신의 4분 33초』 등이 있다.

젊은작가상, 이효석문학상, 황산벌청년문학상을 수상했다.

미안하지만
쓸게요

　엄마에게 작가가 되고 싶다고 처음 말했을 때, 엄마는 걸레로 방바닥을 훔치고 있었다. 내 말에 아무런 대꾸가 없어서 나는 한 번 더 말했다. "엄마, 나는 작가가 되고 싶어." 아마도 열한 살 즈음이었을 것이다.

　엄마는 걸레질을 멈추더니 바닥에 시선을 둔 채로 말했다.

　"작가는 배고픈 직업이야. 다른 걸 해."

　나는 짐짓 아무렇지 않은 척 고개를 끄덕였지만 마음속으론 무척 혼란스러웠다. 작가가 돈을 못 번다니 도대체 이유가 뭘까? 나는 『셜록 홈즈』 시리즈와 《어메이징 스토리》에 푹 빠져 있었고, 이야기를 만드는 작가가 가장 멋져 보였다.

지금도 가끔 그 순간이 떠오른다. 작가는 배고픈 직업이라고 말하던 엄마의 얼굴이. 그때 엄마는 지금의 나보다 훨씬 젊었다. 자나 깨나 돈 걱정을 하면서도 매일 『샘터』에 실린 법정스님의 수필을 읽었고, 연년생 남매를 혼자 키웠다. 엄마는 작가를 동경했지만 직업으로 삼을 수 있다고 생각하지 않았다.

그로부터 30년 가까이 흐른 지금, 엄마는 소설가가 된 나를 자랑스럽게 여기면서도 신기해한다. 가장 큰 마음은 안쓰러움이다. 소설 쓰기로 생계를 잇고 있는 나를 바라보는 엄마의 눈빛엔 연민이 가득하다. '쟤는 왜 저렇게 힘든 일을 택했을까?' 엄마가 내게 묻지 않더라도 나는 엄마의 마음을 잘 안다.

전공이 법학이었던 나는 소설을 어떻게 써야 하는지 몰랐다. 소설 창작 센터에 가볼 엄두는 내지 못했는데, 내 기준으론 수강료가 너무 비쌌기 때문이다. 혼자 읽고 쓰는 일을 꿋꿋하게 반복하던 어느 날, 신춘문예에 덜컥 당선되었다. 당선 전화를 받고 나서도 확정된 것인지 재차 물었을 정도로 도무지 믿기지 않았다. 꿈을 이루었다고 생각했다.

잠깐 동안은 정말로 그렇게 생각했다. 그러나 등단 이후 5년 동안 엽편소설을 포함하여 청탁이 세 편밖에 들어오지 않았을 때, 나는 등단의 의미를 다시 생각해 보았다.

등단했다고 모두 소설가로 활동할 수 있는 건 아니다. 모두가 책을 낼 수 있는 것도 아니다. 그 사실을 미리 알았더라면 마음고생을 조금 덜했을지도 모르지만 나는 까맣게 몰랐다. 나에게 무슨 일이 일어나고 있는 건지 알 수가 없었다. 주변에 물어볼 만한 사람도 없었다. 오랫동안 메일함은 텅 비어 있었고, 핸드폰은 울리지 않았다. 절망적이었다. 나와 비슷한 처지의 작가가 있는지 검색해 보다가 등단 후 장편소설 공모전으로 첫 책을 내기도 한다는 정보를 발견했다. 나는 무작정 장편 소설을 쓰기 시작했다. 두 편을 실패하고, 두 편을 완성하는 동안 5년이 흘렀다. 완성된 소설은 상당히 미심쩍어 보였고, 나를 찾는 곳은 여전히 없었다. 나는 소설가로서 실패했다는 뼈아픈 결론을 내릴 수밖에 없었다.

이미 삼십 대 중반을 지나고 있었기에 더 이상 꿈만 좇으며 살 수 없었다. 소설은 계속 썼지만 출판할 수 있을 거라는 생각은 하지 않았다. 때가 되면 누군가 나를 알아볼 거라는 희망도 품지 않았다. 등단 후 맞닥뜨린 암흑은 등단

전 느낀 절망보다 훨씬 깊고 컸다. 도무지 길이 보이지 않았다. 길인 줄 알고 걸어가면 벼랑 끝이었다. 이미 추락했으면서도 계속 매달려 있는 척했다. 하지만 결국 소설을 포기해야 할 때가 왔음을 절감했다.

당장 돈을 벌 수 있는 일을 찾아보았다. 소설만 쓰다가 밖으로 나온 나에게 세상 물정에 어두운 것은 그리 큰 문제가 되지 않았다. 모르면 배우면 된다고 생각했다. 나는 환경 변화에 예민한 사람이 아니었다. 문제가 됐던 건 나의 마음이었다. 자신감과 자존감이 바닥을 친 상태였고, 타인과 가까이 지내고 싶지 않았다. 누군가 나에게 무슨 일을 했었는지 물어보면 괜히 화를 낼 것 같았다. 나는 되도록 혼자 있고 싶었고, 혼자 일하고 싶었다. 어떤 일을 할지 정하지 못했지만 돈은 빨리 벌고 싶었다. 큰돈이 아니어도 괜찮았다. 쌀과 계란, 두부와 채소를 살 수 있을 정도면 충분할 것 같았다.

때마침 택배 물건을 배송하는 플랫폼 노동이 시작되던 시기였다. 관련 기사가 쏟아졌다. 전업 주부와 은퇴한 아저씨, 엄마를 도우러 나온 초등학생을 인터뷰한 기사도 있었다. 나는 기사를 꼼꼼히 읽은 뒤 배송 일을 하기로 결심했다. 벌이가 꽤 좋은 것처럼 느껴졌고, 별다른 기술이 필요하지 않은 것처럼 보였다. 신청 절차 역시 매우 간단했고, 배정받은 물건을 차로 배송하기만 하면 되었다. 무엇보다 상사나 동료와 어울릴 필요가 없었다.

나는 당시 일시적으로 수입이 없었던 가족과 함께 그 일을 시작했다. 초반엔 경사가 가파른 오르막길이나 주차하기 어려운 혼잡한 주택가로 배정되었고, 배송지를 쉽게 찾지 못해서 땀 흘리며 복잡한 골목을 뛰어다녔다. 나중엔 신도시 아파트를 돌며 물건을 배송했다. 배송지는 찾기 쉬웠지만 엘리베이터가 발목을 붙잡았다. 고층 아파트에선 엘리베이터를 놓치면 10분이 날아갔다. 나는 물건을 집어 들자마자 뛰었다. 일하는 속도가 시급과 직결되었기 때문에 어쩔 수 없었다. 당연히 무거운 물건이 섞여 있었기에 일을 마치면 손목이 시큰거렸다. 집으로 돌아와 얼음찜질을 하고 장을 봤다. 쌀과 계란을 사고, 두부와 채소도 샀다. 원하는 걸 살 수 있는 돈을 벌었다는 사실에 뿌듯했다. 다른 건 생각하지 않았다. 가령, 미래 같은 것. 그건 가급적 떠올리지 않았다.

배송 일을 시작하기 전과 이후의 삶은 너무나 달랐다. 소설은 천 매를 쓰더라도 만 원을 못 벌었지만, 물건은 열 개만 배송하면 만 원 가까이 벌 수 있었다. 그 돈으로 장을 볼 때마다 큰 보람을 느꼈다. 소설을 쓸 땐 느낄 수 없는 감정이었다.

그 당시 나는 플랫폼 노동이라는 단어를 몰랐고, 내가 하는 일의 단점을 깊게 생각해 보지 않았다. 그러나 시간이 흐르자 이대로는 미래가 없다는 생각이 점점 커졌다. 수입 체계가 불안정하고, 부상 위험이 큰 것도 문제였다. 그것이 플랫폼 노동의 특성임을 시간이 한참 흐른 뒤에야 깨달았고, 몇 년 뒤 그 이야기를 소설로 썼다. 당시엔 그런 생각은 전혀 하지 못했다. 물건을 한 개라도 더 배정받기 위해 눈에 불을 켜고 물류센터를 돌아다녔고, 미배정 물건이 담긴 박스 근처를 항구의 갈매기처럼 맴돌았다. 그땐 그게 나의 삶이었고, 소설은 영적인 것에 가까웠다.

배송 일을 오래 할 수 없다는 걸 깨닫고 나선 자영업을 시작했다. 13평짜리 작은 카페였다. 자영업의 본질 같은 건 깊게 생각해 보지 않아도 어느 정도 안다고 착각했다. 함께 살지는 않았지만 아버지가 자영업자였고, 엄마 역시 장사를 해본 경험이 있었다. 나에게 자영업은 그리 먼 선택지가 아니었다. 타인에게 닫혀 있던 마음도 배송 일을 하며 어느 정도 회복한 상태였다. 이젠 사회로 나가서 사람들과 연대하며 내 자리를 찾고 싶었다.

카페를 창업할 땐 적어도 오천만 원 정도의 자금이 필요하지만, 나에겐 그만한 돈이 없었기에 매우 적은 돈으로 창업에 뛰어들었다. 자금이 턱없이 부족해서 공사부터 집기 구입에 이르기까지 어느 것 하나 쉽지가 않았다. 권리금 없는 점포를 계약했고, 집에서 에어컨을 실어와 가게에 설치했다. 책장을 가져와 카운터로 사용했고, 책을 가져와 북카페라는 콘셉트를 실현했다. 에스프레소 머신 없이 핸드드립으로 내린 커피와 콜드브루만 팔았다. 집기는 모두 중고나라와 황학동 중고 물품 시장에서 구입했다.

입지 조건이 좋지 않은 점포였기에 유동 인구가 적었지만, 인근의 카페 수는 결코 적지 않았다. 내가 카페를 연 뒤에도 줄줄이 카페가 생겼다. 개업하고 세 달 뒤, 가까운 곳에 저가형 프랜차이즈 카페가 화려하게 문을 열었다. 곧바로 매상이 반으로 줄어들었고, 나는 폐업을 예감했다. 와중에 새로운 개인 카페가 연달아 문을 열었다. 나는 그들이 도대체 무슨 돈으로 먹고사는지 궁금했다. 모두 가까스로 버티고 있는 것처럼 보였다.

가게를 열기 전엔 몰랐다. 여름엔 휴가와 장마, 태풍 때문에 비수기가 되고, 가을엔 손님이 좀 들지만 가을은 너무

짧다. 곧 겨울이 들이닥친다. 찬바람이 불면 손님 수가 무서울 정도로 급감한다. 나는 매상이 줄어드는 판국에 난로에 넣는 기름을 아낄 수밖에 없어서 손님이 들어오기 전까진 뜨거운 차를 마시며 추위를 견뎠다. 연말엔 각종 모임 때문에 손님이 외부로 빠졌고, 1, 2월 역시 한파와 눈 때문에 손님이 적었다. 봄이 되면 다시 손님이 들기 시작하지만, 나는 그 직전에 문을 닫았다.

가게 열쇠를 넘기고 일주일 뒤, 신천지 발 코로나 바이러스가 전국을 강타했다. 거리엔 사람이 보이지 않았고, 상점은 텅텅 비었다. 나는 전혀 놀라지 않았는데, 이미 2월부터 마스크를 쓰고 다니는 사람이 출몰한 뒤로 손님이 한두 명으로 줄어드는 광경을 속수무책으로 바라만 보았기 때문이다. 그 일이 가게 문을 닫게 한 결정적인 계기였다.

폐업을 결심한 뒤 엉엉 울었다. 운영 기간이 짧아도 폐업은 큰 결심이 필요한 일이었다. 가게가 아니라 사랑하는 사람과 이별하는 기분이었다. 공간이 아니라 하나의 인격체 같았다. 이름이 있으니 더욱 그렇게 느껴졌다. 그곳은 더 이상 존재하지 않는 것이다.

카페를 열기로 결심한 건 나름의 흑심이 있어서였다. 나는 카페를 운영하며 책을 읽고 소설도 쓸 계획이었다. 그러나 현실은 녹록지 않았다. 나는 소설책을 펼쳐놓고 카운터에 앉아 있었지만 책이 거꾸로 놓여 있었더라도 몰랐을 것이다. 소설을 쓰다가 다른 카페의 음료를 들고 지나가는 사람을 목격하면 노트북을 덮고 하염없이 밖만 쳐다보았다. 그 시기에 쓴 소설은 회생된 것이 한 편도 없다.

가게 문을 닫기로 결심했을 때, 나는 다른 일을 겸하고 있었다.

장사를 하면서 가장 두려웠던 것은 월세를 못 내는 상황이었다. 나는 월세 걱정 때문에 몇 가지 활동을 시작했고, 그로 인해 두 가지 직업을 갖게 되었다.

하나는 시나리오 각색 작가다.

한겨울, 손님이 들지 않았을 때 나는 영화사에서 보내준 시나리오를 모니터링하는 일을 했다. 그것이 인연이 되어 개발 단계의 시나리오 각색을 맡게 되었는데, 당연히 잘하고 싶은 욕심이 생겼다. 월세 압박 때문에 잘해야만 하기도 했다. 처음엔 가게를 지키기 위해 시작한 일이었지만 작업에 빠져들면서 가게 오픈 시각을 오후로 늦추었다. 각색으로 계약했으나 새로 쓰고 있었던 것이나 마찬가지였기에 시간이 많이 필요했다. 나의 본업이 자영업자에서 시나리오 각색 작가로 천천히 이동하고 있었다.

각색 일은 이후에도 한 편 더 맡게 되었다. 시나리오와 소설은 형식부터 대사와 지문, 인물 표현에 이르기까지 모두 다르다. 영화를 좋아했지만 로직이 다른 두 가지 글쓰기를 병행하는 건 쉽지 않았다. 나는 오전에 소설을 쓰고, 오후에 시나리오를 쓰는 방식으로 일을 분리해 놓았다. 시나리오를 쓸 땐 내가 소설가라는 사실을 잊으려 노력했다. 소설 같은 문장이 있다는 말을 들으면 속상했다. 소설을 쓸 땐 별다른 생각을 안 했는데, 아마도 십 년 가까이 꾸준히 썼기 때문에 다른 색이 끼어들 수가 없었던 것 같다.

다른 하나는 소설가다. 비로소 책을 낸 소설가.

청탁이 없었던 기간 동안 완성한 두 편의 장편소설을 문학상 공모전에 투고했지만 모두 최종심에서 낙선했다. 연말에 손님이 급감했을 때, 나는 그중 한 편을 수정해 다른 공모전에 다시 투고했다. 역시 월세 걱정 때문이었다. 별다른 희망 없이 쓴 소설이었고, 무명 소설가가 자신의 꿈을 포기하는 과정을 그린 내용이었다. 등단 후 청탁이 없었던 기간에 느꼈던 마음을 고스란히 담은, 당선을 바라기보다 나를 치유하기 위한 목적으로 완성한 소설이었다. 그리고 가게 문을 닫은 지 한 달이 지난 어느 날 오후, 당선 전화를 받았다. 그 소설이 세상에 나온 나의 첫 책이 되었다. 글쓰기를 포기하겠다고 선언한 내용의 소설로 책을 낸 소설가가 된 것이다. 기쁨과 함께 당혹감이 몰려왔다. '꿈을 포기하지 않아도 되는 걸까?' 당선된 후에도 주변의 눈치를 살피던 나는 마침내 먼지 묻은 꿈을 집어든 뒤 탈탈 털어서 마음속에 고이 넣었다. 그 이후로 나는 소설가로 살았다. 가끔 시나리오 각색을 하기도 했지만 본업이 소설가라는 생각은 바뀌지 않았다. 첫 책이 나온 이듬해 지면에 처음 발표한 단편소설로 문학상을 받았고, 청탁이 쏟아져 들어왔다. 그러나 나는 그때도 시나리오 회의에 참석했고, 각색 일을 제안받으면 늘 하려고 했다. 완전히 손을 떼긴 어려웠다. 영화를 좋아하는 마음도 있었지만, 소설만 써서 먹고사는 일이 여전히 어려웠기 때문이다. 게다가 엄마를 부양해야 했다. 엄마의 주거와 생활비, 노후 준비 같은 현실적인 문제가 나의 경제적인 문제와 겹쳤고, 결국 두 배로 일해야 한다는 결론을 내렸다. 다행히 소설 쓰는 즐거움이 컸기에 들어오는 청탁은 마다하지 않고 모두 썼다. 2022년은 그렇게 소설에 푹 빠져서 보냈다.

나는 내가 걸작을 쓸 거라고 기대하지 않는다. 청탁이 없었던 5년이라는 기간이 나에게 남긴 그늘 같다. 그러나 도움이 되는 그늘이다. 나에 대한 기대가 높지 않으니 소설을 쓰다가 슬럼프에 빠질 정도로 좌절하는 일은 매우 드물다. 완성하면 그걸로 충분하다. 단, 쓸 땐 나의 모든 것을 쏟아붓는다. 이후의 일은 신의 뜻대로, 그것이 나의 기본자세다.

지금도 나는 소설가로 살고 있다. 하지만 다른 일도 여전히 병행한다. 몇 달 전부턴 소설 창작 강의를 시작했다. 수강료가 부담되어 창작 강의를 들은 적이 없는 내가 강의를 하고 있는 현실이 기이하게 느껴질 때가 있다. 하지만 돈은 벌어야 하고, 혼자 소설을 쓸 때 계속 반복했던 실수를 다른 이들은 하지 않길 바라는 마음이 크다. 좋은 소설을 쓰기 위한 기술적인 지식뿐만 아니라 소설 쓰는 마음을 잘 보호하고 가꾸는 것에 대해서도 알려주고 싶다.

소설 쓰는 마음을 잘 지키려면 어떻게 해야 할까?

요즘 가장 많이 하는 생각이다.

소설 쓰는 마음은 지키기가 어렵다. 청탁이 없으면 발표 지면을 얻기 어려운 현실을 극복하기 힘들고, 가까스로 책을 내도 생활이 가능할 정도로 팔리지 않는 중요한 문제도 있다. 그럼에도 소설을 계속 쓰는 마음은 뭘까.

아마도 사람마다 다른 답변을 하겠지만, 내 경우엔 소

설 쓰기만큼 재미있는 일은 해본 적이 없다는 것이다. 싱거운 답변일지도 모르겠다. 하지만 지루함을 느끼지 않으면서 계속할 수 있고, 할수록 새롭게 느껴지는 일은 나에겐 소설 쓰기밖에 없다.

소설 쓰기로 생계를 유지하기 시작한 지 이제 겨우 3년밖에 되지 않았다. 10년 동안 소설을 썼지만 7년 가까이 생계를 유지하기 어려웠다는 의미다. 내년엔 안정적인 수입을 어떻게 만들어 가야 할지도 고민하고 있다. 장편소설을 완성하고 소설집도 내야 하지만, 생계 걱정도 하지 않을 수 없다.

등단 후 어떤 일들을 했는지 이야기하며, 마치 그 일들과 이젠 하염없이 멀어진 것처럼 말했지만 그건 사실이 아니다. 나는 이 글을 쓰는 동안 폭설과 한파로 인해 배송 업체의 추가 수수료가 최대 40만 원까지 오른 것을 실시간으로 지켜보았다. 아직 내 핸드폰에 배송 앱이 깔려 있다는 의미이고, 알림까지 받고 있다는 뜻이다. 나는 배송을 하다가 빙판길에서 미끄러져 팔을 다치고 원고 마감일을 지키지 못하는 상황을 상상하며 알림을 무음으로 바꿔놓았다. 향후 안정적인 수입이 없다면 고려해 봐야 할 일이니 앱을 삭제하지는 못했다.

지난주엔 임대 문의를 붙여놓은 동네 점포를 한참 기웃거렸다. 권리금이 없다면 해볼 만하다고 생각하면서. 카페는 망한 전력이 있으니 술집을 해볼까 고심하던 중 상호도 지어보았다. '작은 술'. 가성비 좋은 소주를 좋아하지만 적게 마시는 편이 건강에 좋으니 원래의 뜻을 떠나 작은 술이라고 짓고 싶었다. 상상을 부풀리며 발걸음을 옮기다가 한 달에 350만 원을 주겠다는 구인 공고를 보고 눈이 번쩍 뜨였다. 식당에서 주방과 홀을 겸할 수 있는 직원을 뽑고 있었다. 근무 시간을 확인하다가 그 일을 하면 소설 쓸 시간이 없다는 사실을 깨닫고 천천히 돌아섰다.

어젠 강의안을 짰다. 수강생 미달로 폐강되면 어쩌나 걱정하면서.

이 글의 원고료는 체성분검사 결과 단백질 부족으로 나온 엄마에게 매달 두유를 한 박스씩 보내주는 데 쓰일 것이다. 물론 기한이 정해져 있다. 3년. 이후엔 다른 일을 해서 두유를 사야 할 것이다.

어떤 일을 해서 돈을 벌 수 있을까?

모든 게 불확실하고, 소설 쓰는 마음은 끊임없이 위협받는다.

빠져나갈 출구가 있을까?

해답을 찾아 헤맬 시간에 나는 결국 소설을 한 줄 더 쓴다. 마감은 지켜야 하고, 지키고 싶으니까. 무엇보다 지금은 나의 본업이 소설가이므로. 나중엔 무엇이 될지 알 수 없지만 말이다.

이 모든 일들에도 불구하고 나는 소설을 사랑한다. 그래서 가끔, 아니 자주 가족에게 미안하다. 내가 돈을 더 많이 벌면 그들의 삶이 한층 더 풍족해질 수 있을 것이기에.

희생당한 나무에게도 미안하다. 종이가 아까운 글을 쓰진 않았는지 반성하게 되므로.

독자에게도 미안하다. 바쁘고 고민도 많은 상태에서 내 글에 시간을 내주었는데, 반짝이는 뭔가를 주지 못했을까 봐.

미안한 마음으로 더 좋은 소설을 써야지 결심한다. 소설 쓰는 마음을 오랫동안 지키고 싶다고 간절히 소망한다.

송승언

시인. 시집『철과 오크』,『사랑과 교육』, 산문집『직업 전
선』을 썼다.

사실 당신이 쓰는 글에는 별 가치가 없다, 내 글이 그렇듯이

　나의 직업은 편집자다. 20대 막바지에 출판사에 들어가 문학 편집자로 일했고, 퇴사 후에도 일감이 들어올 때마다 책을 편집했다. 그러다가 지금 다니는 출판사에서 일한 지도 어느덧 햇수로 5년이 넘어간다.

　일을 잘하든 못하든, 일이 좋든 싫든 나의 본업은 편집자라고 생각하고 있다. 그게 나를 먹여 살리고 있기 때문이다. 2011년에 어느 문예지의 신인 추천을 통해 시인으로 데뷔했고 시집 두 권과 산문집 한 권을 펴내긴 했지만, 나는 오늘까지도 시인을 내 직업으로 생각하고 있지는 않다. 혹자들이 SNS나 커뮤니티 등에서 자신을 '리스너', '게이머', '시

네필' 등으로 소개하는 것처럼 '시인' 또한 내게는 그 정도의 무게를 가지고 나를 수식하는 정체성이 아닌가 싶다. 경제생활적인 관점에서 보자면 그렇다는 말이다.

한국고용정보원이 2020년에 내놓은 『2018 한국의 직업 정보』를 살펴보면 어쨌거나 시인은 직업으로 분류되어 있다. 근로 시간이 짧은 직업 상위 30개 중 하나이며, 공간 자율성이 높은 직업 상위 20개 중 하나이다. 그리고 평균 소득이 가장 낮은 직업 50개 중 하나로, 2위이다. 1위를 놓치는 때가 별로 없었는데 2018년에 설문에 응답한 30명 중에 아주 잘나가는 시인들이 있었던 모양인지 평균 연 소득이 1,209만 원으로 뛰어버렸다.

소득 항목을 다시 살펴보자면 시인 중 평균 소득이 하위 25%에 속하는 이들은 1년에 평균 200만 원을 벌고, 중간인 50%는 600만 원을 벌고, 75%에 속하는 이들은 2,000만 원 이상을 번다. 최하위층과 상위층의 수입 차이가 무려 10배에 달하는 셈이다. 물론, 한국고용정보원의 조사에 따르면 가장 못 버는 이들조차 연 소득이 8,000만 원이나 되는 의사들 입장에서는 어느 쪽이든 그게 벌이라고 부를 만한 것인지 의문이긴 할 테지만, 여느 시인들에게 어떤 시인이 전업으로 1년에 2,000만 원을 번다고 말한다면 그들은 놀라서 되물을 것이다. 그게 도대체 누구냐고.

시인들은 일 년에 얼마나 벌까. 사람마다 다를 테지만 가상 인물을 한 명 세워보자. S는 시인이다. 그는 등단한 지 11년이 되었으며, 유명한 출판사에서 시집 세 권을 냈고, 두 권의 산문집이 있으며, 해마다 꾸준히 10~20여 편의 작품을 발표한다. 이 정도라면 대중에 널리까지는 아니지만 책을 꾸준히 소비하는 문학 독자들 사이에서 이름 정도쯤은 알려졌을 것이고, 글 쓰는 사람들 중에서는 그를 모르는 이가 거의 없을 것이다.

S는 11년간 시인으로 활동하며 얼마를 벌었을까. 그의 시집은 첫 시집이 7,000부, 두 번째 시집이 4,000부, 세 번째 시집이 6,000부가량 팔렸다. 시집의 1쇄가 대부분 1,000부에서 2,000부 사이로 인쇄되고 이후로는 1,000부 또는 500부씩 증쇄되는 일이 많은 것을 감안하는 동시에, 대부분의 시인들이 중쇄조차 못한다는 사실로 미루어볼 때 저 판매량은 결코 적은 것이 아니다. 그의 산문집은 두 권 합해서 5,000부가 팔렸다. 시인의 산문집은 생각보다 잘 나가지 않는 경향이 있다. 에세이 시장이 그만큼 냉혹하다는 의미일까? 어쨌든 편의상 시집을 한 권당 10,000원으로 보고 산문집은 한 권당 15,000원으로 치겠다. 저자는 표준계약서에

따라 책이 한 권 팔릴 때마다 정가의 10%를 인세로 받는다. 이 내용을 바탕으로 11년간 그가 인세로 벌어들인 돈을 살펴보면 도합 2,450만 원가량이다.

이번에는 문예지 작품 발표에 따른 원고료다. 그가 매년 평균 15편의 작품을 발표했다고 가정해 보자. (11년간 꾸준하게 매년 10편 이상 발표하기란 결코 쉽지 않다.) 유명한 지면에 발표하면 시 한 편당 10에서 15만 원을 받는다. 환경이 열악한 지면에 발표하면 한 편당 3~7만 원을 받는다. 원고료를 아예 주지 않는 지면도 많지만, S는 원고료를 주지 않는 지면에는 작품을 발표하지 않았다. 유명 지면에 작품을 발표하는 것은 한 해에 한두 번 있을까 말까 한 일이다. 이런 것들을 고려해 볼 때 그는 시 발표로 한 해 동안 110만 원 정도 벌었을 것 같다. 자잘한 산문, 대담 원고 등을 더하면 200만 원 정도를 벌었을 수도 있다. 그리하여 11년간 S가 원고료로 벌어들인 돈은 2,200만 원이다.

더불어, S는 인세를 받는 단독 저서는 아니지만 이러저러한 책(예컨대 지금 여러분이 펼쳐 읽고 있는 이런 책)에 참여했다. 여러 작가가 공동으로 책을 집필하는 앤솔러지 등의 공저는 대개 책이 팔리는 만큼 돈을 받는 인세 계약이 아닌, 단건의 원고료로 퉁치는 매절 계약을 한다. 이런 기회도 늘 있는 것은 아니지만, S는 제법 이름이 알려진 작가이기에 단순하게 셈하자면 한 해에 한 권 정도에는 꾸준히 공저로 참여했다. 책의 성격에 따라 다르지만 보통은 책마다 30만 원에서 50만 원 사이로 계약이 이루어진다. 이를 감안해 11년간 그가 공저 참여로 번 돈은 440만 원 정도 될 것이다.

11년간 그는 가끔씩 강연에도 불려 다녔고, 라디오 등의 방송에 참여하기도 했다. 그런 대외 활동으로 번 돈도 넉넉하게 잡으면 1,000만 원 정도쯤은 될지도 모르겠다. 그 돈이 다 어디로 사라졌는지 S는 알 길이 없어 어안이 벙벙하겠지만.

그는 운이 좋아서 크고 작은 문학상을 세 개 정도 타기도 했고, 국가 사업 기관에서 진행하는 예술인 창작 지원금에 선정된 적도 있다. 이 상금 항목에 해당하는 돈을 합하면 2,500만 원쯤 된다.

많은 동료, 선배 들이 먹고살기 위해 대학 강단에 서는 것과 달리 S는 대학에 강사로 출강하고 있지는 않다. 하지만 사설 문화 센터에서 매년 4회가량 고정적으로 강의를 진행하고 있다. S는 문학 지망생들에게 있어 비교적 우상에 가까운 작가이기에, 그의 수업에는 매번 9명의 정원('사설강습소에 관한 법률'에 따라 사설강습소는 최대 9명까지만 수강생을 받을 수 있다)이 꽉 찬다. 수업료는 물가를 반영해 조금씩 오르고 있지만, 그간의 평균을 내자면 6주간 진행되는 강좌의 수강료는 대략 20만 원 정도이며, 수강료는 문화 센터와 5 대 5로 나눈다. 그러니 4회 강의하면 360만 원을 얻는 셈이다. S는 시 창작 수업을 등단 후 2년 정도를 제외하면 9년가량 꾸준히 진행해 왔다. 이로 인한 수익은 3,240만 원이다. 이 수입이 시인으로서 얻는 수익인지, 강사로서 얻는 수익인지 다퉈볼 여지가 없는 것은 아니지만 일단은 시인의 수입으로 잡아두도록 하자.

이 상상의 시인 노동을 통해 S는 지난 11년간 1억 1천 830만 원을 벌었다. 한 해 평균 1천만 원을 조금 넘게 번 셈이다. 처음부터 의도한 건 아니었는데 계산하고 보니 아까 한국고용정보원이 내놓은 시인의 연간 평균 소득과 거의 일치한다. 다시 말하자면 S는 제법 잘 나가는 시인이다. 이 글을 쓰는 나보다 훨씬 더 잘 나가는 것 같고, 여기에 적어둔 시인의 벌이에는 어떤 과장이나 엄살도 없다. 대부분의 시인은 S 정도만 되어도 좋겠다고 생각할지도 모른다. 본업이 의사인 중년의 무명 시인 P는 S가 한 해 동안 버는 돈을 매년 내고서라도 S 정도의 명성을 얻을 수 있다면 그렇게 할지도 모른다. 현실에서는 그만한 돈을 내도 S만큼의 명성을 얻지는 못하고, 자기 작품을 지면에 고정적으로 발표할 수 있는 문예지를 얻는 정도에 그치겠지만. P와 같은 사람들은 가끔씩 볼 수 있다. 물론 나는 P와 같은 시인을 경멸할 의도가 전혀 없다. 그들은 전체적으로 가난한 이 바닥에 호흡기를 붙여주는 사람들이니까.

여러분은 어떤가. 등단 11년차의 잘 나가는 시인 S의 수익을 보고도 S처럼 전업 시인으로 비루하게 살기를 꿈꾸는가? 아니면 그렇게는 못 살 것 같은가.

사실 나는 그렇게는 못 사는 사람은 아니다. 나는 S처럼 살 수 있다. 나는 월세 5~60만 원쯤 하는 원룸에 구겨진 옷가지처럼 처박혀서 사람도 거의 안 만나고(밥 사주는 사람이면 예외), 누군가가 보내주는 책들을 방 안 가득히 탑처럼 쌓아둔 채 그것들을 읽으면서, 끼니때가 되면 편의점에서 컵라면과 삼각김밥과 샌드위치로 돌아가며 때우고, 시에 관해서만 미친듯이 골몰하고, 시를 쓰고 또 지울 수 있다. 나는 나를 돌보는 데 별로 관심이 없고 크게 욕망하는 바도 없는 인간이기 때문이다. 나처럼 쓰레기 속성을 가진 사람들은 S처럼 살 수 있을 테지만, 세상에는 그렇게 살고 싶지는 않은 사람들이 훨씬 많을 것이다.

그러니까 문제는 '유명 시인이 되어도 전업 시인으로 살려면 S처럼 쓰레기같이 살아야 한다, 그럴 수 있느냐 없느냐가 아니다. 그럼 뭐가 문제인가? '전업 시인'이 그 정도밖에 돈을 벌지 못하는 현실이 문제인가? 그렇게 생각하고 싶은 이들도 있겠지만 나는 절대로 그건 아니라고 말하고 싶다. 그렇게 생각하는 이들은 현실적으로 그 문제를 어떻게 보려고 하고 있는 것일까? 대한민국은 그 어느 나라보다도 시인이 많은 나라라고들 한다. 구체적인 수는 모르겠지만 살아서 활동하는 시인의 수가 몇만 명은 될 거라고도 한다. 주영현 시인이 "『문예연감 2018』(한국문화예술위원회, 2019)에 따르면, 문학 잡지(시)의 숫자가 538종에 이릅니다. 이 말은 538종의 잡지에서 시인을 배출하고 있다는 의미인데요, 1명씩만 잡아도 538명입니다. 그런데 문예지에서 1명씩만 배출하는 것은 아닙니다. 2명씩 계산하면 1,000명이 훌쩍 넘어갑니다. 이렇게 해서 10년이라는 시간이 쌓이면, 시인 1만 명이라는 숫자가 나오는 것이죠"(주영현, 〈'문단에 등단을 했다' 이 말의 의미〉, 오마이뉴스, 2020.09.15.)라고 쓴 내용을 살피면 몇만이라는 수가 결코 과장된 것이 아니라는 점을 잘 알 것이다. 몇만 명의 시인들 모두가 전업 시인으로 먹고살 수만 있다면 그렇게 살고 싶어 할 텐데, 몇만 명이 전업 시인으로 살려면 시집을 읽는 독자는 도대체 얼마나 되어야 하는 것이며, 그들이 일 년에 구매하는 책은 몇 권이나 되어야 하는 것일까? (1만 명의 시인이 1년에 책을 팔아 인세로 1천만 원 이상의 수입을 올리려면 시집 구매에 1조 원이 필요하다.)

이렇듯 모두가 전업 시인일 수는 없는 현실인데, '전업 작가'를 이야기하는 이들의 세계는 어디에 있는 것일까. 출판사로부터 정당한 원고료를 받고, 사람들이 책(시집)을 많이 사 읽는 세계……. 그런 세상이 오려면 모두가 다 알고 있는 두 가지 조건이 필요하다. 사람들이 책을 많이 사 읽어야(그럴 수 있을 만큼 돈과 시간이 남아돌고 교육이 잘되어 있어야) 하고, 쓰는 사람이 적어야 한다. 전자가 어찌어찌 되더라도 (물론 그런 날은 절대로 오지 않을 테지만) 후자의 문제가 남는다. 쓰는 사람이 적어야 시장에 소비자의 선택지가 줄어들고, 결국 자신이 만든 상품이 선택받을 확률이 높아질 것이다. 아니면 '솔직히 시를 쓴다고 다 시인은 아니니 급을 나누어야 한다'라는 주장이라도 하려는 것일까? 급에 급을 나누고 나눠 "(나를 포함한) 상위 100명 정도의 시인들은 전업으로 살 수 있는 세상이 되어야 합니다.", 뭐 이런 속내?

이제 이 글의 주제에 맞춰 '당신'을 '시인 지망생'이라고 상정하려 한다. 당신의 생각은 어떤가. 당신을 포함한 상위 100명 정도의 시인은 전업 시인으로 살 수 있을 만큼 돈을 벌며 살아갈 수 있는 세계에서 전업 시인으로 살기를, 그리고 그런 A급 시인이 되기 위해서 분투하는 B급 C급 D급 E급 시인으로 살기를 바라는가? 계속 써라. 오늘날 대한민국이 바로 그러한 세상의 열화판이다. 당신에게 실력이 있고 운까지 좋다면 그럴 수 있을 것이다. 하지만 그렇게 되려고 노력하기보다는 그냥 매주 복권방에 가서 로또나 사라고 하고 싶다. 둘 다 확률이 비슷한데, 후자는 수고를 들이지 않아도 되기 때문이다. 이미 알고 있을지 모르겠지만, 사실 당신이 쓰는 글에는 별 가치가 없다. 내 글이 그렇듯이 말이다. 어떤 관점에서 보면 글로 벌어먹는 어떤 작가의 글은 당신의 글과 별반 차이도 없는 것 같은데 고평가되는 것 같고(이는 내 경험으로 미루어보건대 수많은 작가 지망생들의 생각이다), 또 어떤 관점에서 보면 당신의 글은 현업 작가들과 수준이 크게 다르지 않고 빼어난데 그저 운이 없는지도 모른다(이는 내 경험으로 미루어보건대 수많은 작가 지망생의 친구와 선생 들의 의견이다), 내 관점으로 보자면 나와 같은 작가들 쪽이 그나마 운이 좀 있는 편이고, 문학사적 측면에서 보자면 내가 쓰고 있는 글들은 당신이 쓰고 있는 글과 마찬가지로 별 가치가 없는, 고전이 되지 못하는 쓰레기다. 나는 '럭키 당신'이고, 당신은 '언럭키 나'다. 아니면 그저 우리 모두 문학에 빠진 불행한 이들일 뿐이다.

그래도 나는 당신보다는 조금 일찍 커리어를 시작했다. 나보다 수십 년 일찍 태어났다는 이유로 커리어를 일찍 시작한 선배 문인들이 나보다 문학적 사정이 좋았듯이, 당신보다는 내 문학적 사정이 낫다. 당신은 더 어려울 것이다. 문학 소비 시장은 위축되고 있지만 문학 교육 시장은 포화 시기를 거쳤기에 당신은 작가 지망생이 가장 많은 시기를 지나고 있다. 문학에서, 또 다른 여러 장르에서 동시에 보이는 바대로 검증된 좋은 것은 충분히 많이 쌓였다. 생산자와 소비자 모두 검증된 좋은 옛것을 다시 내놓고 소비하는 일을 반복하고 있다. 새로운 좋은 것에 대한 기대감이 사라진 것은 아니지만, 정말로 그런 것이 등장하리라는 생각은 다들 별로 하지 않고 있다. 그러니까 당신은 더 힘들 것이다. 그래도 전업 작가의 꿈이 있다면, 혹은 전업이 아니라도 좋으니 어쨌든 다른 일을 하면서 부업으로 글을 쓰는 투잡 작가의 꿈이 있다면 그 꿈을 향해 지치지 않고 계속 써나가기를 바란다. 아예 취미 작가라고 생각한다면 요새는 더 쉽다. 돈 주면 책 만들어주는 시장이 활성화되어 있으니까. 뭐? 자기 돈 내고 책 만드는 건 아무래도 멋있지가 않다고? 그 마음도 이해한다. 운이 따라줄 때까지 열심히 해라. 아니면 그냥 그 운을 복권에 쓰든가.

다른 길도 있다. 당신이 작가가 되지 않는 길이다. 다른 말로 표현하자면 당신이 시인을, 작가를 직업으로 생각하지 않는 길이다. 당신은 계속 쓰고 싶은 글을 쓰면 된다. 당신의 노동에 정당한 보수를 지불할 직업을 가지고, 낮 동안 열심히 또는 영혼을 빼놓은 채 일을 하고, 집으로 돌아와서 글을 쓰는 것이다. 무엇을 써서 주목받고 팔릴지를 기획하고 글을 쓰지 말고, 당신이 읽었고 읽고 있으며 읽어나갈 모든 것들: 당신을 감동시키고, 전율하게 만들었으며, 생각하게 했고, 의문스럽게 했으며, 화나게 했고, 짜증나게 했으며, 슬프게 만들었고, 기쁘게 만들었으며, 시시하게 만들었던 그 모든 것들에 대한 대답으로서 글을 써라. 그게 아마도 문학일 테니까. 새로운 것을 창조하는 것이기보다는 있는 것들에 대한 당신의 대답, 내가 알기로는 그것이 문학에 가까우니까. 시를 시작해라. 종이에 쓰거나 워드프로세서로 써라. 독자는 필요없다. 아니, 독자는 필요하지만 독자를 생각하고 글을 쓸 필요는 없다. 당신은 전업 시인이 아니니까. 쓰고 나서 읽지 않아도 좋다. 그래도 대부분의 당신은 당신 글의 첫 독자가 되어줄 것이다. 내 생각에는 그 정도로도 충분하지만, 당신의 글을 궁금해하는 이가 있다면 그에게는 보여줘도 된다. 독자가 더 필요하다면 우리에게는 인터넷이 있다. 당신의 블로그에 올리고, 홈페이지에 올리고, 소셜 미디어에 올리고, 다른 플랫폼에 올려라. (벌써부터 유료 플랫폼에 올려서 돈 벌겠다는 생각은 하지 말고. 제발!) 당신이 제대로만 한다면 분명히 당신을 읽는 사람들이 생길 거다. 당신은 자유롭게 글을 계속 쓰고, 누군가는 자유롭게 그 글을 '읽어준다'. 이 정도로도 충분하지 않나? 이걸 굳이 돈으로 만들지 않아도 되는 것 아닌가? 그러다 보면 운이 좋거나 연이 닿아서 투고했다가 상을 받을 수도 있고, 지면 청탁을 받을 수도 있고, 그걸로 소소하게 고료를 얻을 수도 있다. 그 돈으로 밥 한 끼 먹을 수 있다면 꽤 기쁘고 즐겁지 않을까? (내가 좋아서 쓴 글인데 밥 한 끼까지 먹을 수 있다고 생각하면 행복한데, 그걸로 먹고살고 싶다고 생각하니 불행해지는 거다!)

물론 다른 일을 하면서 '문학에 대한 열정과 자기 만족만을 위해' 퇴근 후에 글을 쓴다는 게 쉬운 일은 아니다. 나 또한 계속 그렇게 살아가고 있는 만큼 잘 알고 있다. 나는 편집자인 동시에 작은 서점을 직접 돌보고 있기에 여느 사람들과는 근무 시간과 환경이 조금 다르다. 나는 화요일부터 토요일 동안 13시부터 20시까지 일한다. 11시에 일어나 출근 준비를 하고, 개떡 같은 서울의 교통 상황에 따라 한 시간 걸려서 출근한다. 퇴근하고 나면 21시이고 밥 먹고 나면

22시다. 남들보다 일찍 일어나는 사람이라면 잠에 들 시간이다. 내 여유 시간은 그때부터 3~4시까지다. 하루에 고작 대여섯 시간이 온전히 나만을 위해 쓸 수 있는 시간인 셈이다. 퇴근하고 피로에 찌든 몸으로 그 대여섯 시간을 다시 쪼개어 일부를 읽고 쓰는 데 할애해야 한다고? 개소리하고 있네. 하지만 그게 현실이다. 사정이 이러할진대 무슨 대단한 글을 쓰겠는가? 쓰레기 같은 거나 썼다가 버렸다가 할 뿐이다. 또는, 가끔 어쩔 수 없이 수명을 당겨 써서 – 잠을 줄여서 – 원고를 쓰거나.

글쓰기와 직업을 병행하는 문제에 관해 이야기하면 늘 대표되는 작가가 있다. 프란츠 카프카다. 그는 출퇴근과 글쓰기를 병행하는 일을 "기동훈련생활"이라고 표현했다. 그만큼 둘을 병행하는 게 쉽지 않다는 뜻이겠다. 하지만 더 알려진 바에 따르면 그는 8시에 출근하고 2시에 퇴근했다. 그전 직장에서는 8시에 출근하고 6시에 퇴근했다고 하지만, 그곳에 다닌 기간은 채 1년도 되지 않았다. 8시에 출근하고 2시에 퇴근한 뒤 3시부터 7시 반까지 낮잠. 밤 11시나 되어서야 몇 시간 글을 쓰다가 다시 잠에 드는 삶을 두고 기동훈련생활이라고 말할 수 있다면, 나를 비롯한 오늘날 대다수의 작가들은 자신의 문학 세계를 사수하는 데 있어 늘 전시 상황을 겪고 있는 것이 아닐까. 기동훈련생활? (웃음) 일찍 태어나서 문학했다고 저런 뻔뻔한 소리도 멋대로 지껄일 수 있는 거다. 늦게 태어난 게 죄라고, 우리의 문학적 상황은 카프카보다 좋지 않다. 하지만 어쩌겠는가? 남김없이 죽어야 할 자본가, 건물주 들을 제외하고 오늘날 직업인으로 살아가는 이들 중 전시 상황에 놓이지 않은 사람이 몇이나 되겠는가? 그 고난을 저마다의 자리에서 함께 돌파하고 있다는 것을 분명하게 알게 된다면 그 분투는 덜 외롭거나 최소한 덜 억울할 것이다. 아니, 사실 그래도 억울하다. 하지만 달리 방도가 없으니까 정신 무장이라도 하는 수밖에 없다. 그러니까 당신도 퇴근하고 읽고 써라. 그 일이 가치 있는지 없는지 모른다고 하더라도, 설령 무가치하더라도 그러는 게 재미있다면, 그 재미를 위해 힘을 들여라. 재미야말로 당신이 인생에서 얻을 수 있는 최고의 가치이니까. (뭐? 부모가 돈이 많아서 일을 안 해도 돼서 시간이 남아돈다고? 꼴 보기 싫으니까 다른 데로 가세요.)

어쨌든 나는 당신에게 계속 글로 먹고살 생각은 하지 말고, 명성이나 관심을 바라지도 말고 그냥 재미로나 쓰라는 소리를 하고 있다. 어찌 보면 상당히 시대 정서에 배반하는 요청이다. 청탁은 물론이요, 자기가 투고한 원고에조차 '노동에 대한 정당한 권리'에 부합하는 원고료를 요구하는 작가들이 있는 시대에 내 이야기는 그저 농담에 불과하거나 '열정 타령'의 변주처럼 들릴지도 모른다. 하지만 나는 당신에게 무언가를 포기하고 희생하라고 말하고 있는 게 아니다. 그저 오늘날 예외없이 문학 시장에 자영업자로 뛰어드는 일에 관해 우리의 관점을 바꿔보자고 요청하는 것이다. 그게 당신의 벌이에는 도움이 되지 못하겠지만 당신의 문학에는 도움이 될지도 모른다. 속되게 말해보자. 당선을 위해, 판매를 위해, 평론가와 독자들 눈치나 보며, 소비자 니즈에 맞추려고 계산하고 쓰는 글들은 대개 재미없다. 당신도 잘 알지 않나? 그리고 그렇게 해도 잘 안 팔리는 게 부지기수다. 어차피 당신과 나의 글이 안 팔릴 상품인 게 자명하다면, 그리고 모종의 이유로 잘 팔리는 작가들을 보는 게 조금 짜증난다면 반항이라도 해보자는 거다. 이렇게 말해보려 한다. 작가와 독자의 관계를 놓고 볼 때 문학은 어떤 길을 지향해야 할까? 소수의 뛰어난 작가 개개인이 다수의 독자를 보유하는 길? 아니면 다수의 고만고만한 작가 개개인이 소수의 독자와 함께하는 길? 나는 후자의 길을 걷고 싶다. 그렇게 만들어지는 문학의 꼴이 그다지 위대하지는 않더라도 그쪽이 더 공평하고 재미있으니까. 나는 당신에 비해 별반

대단한 글을 쓰고 있지도 않으며, 당대의 시인과 작가 대부분 역시 마찬가지라고 생각한다. 모두가 함께 높은 곳으로 올라가는 일은 완전히 불가능하지만, 모두가 함께 낮은 곳에서 모이는 일은 더없이 가능하다. 나는 당신이 동의하지 못할 이 생각에 관해 계속 이야기하려 한다. 아무도 이런 이야기를 하고 있지 않으니까. 모두가 자기 글을 읽어달라고, 구독해 달라고, 구매해 달라고만 하는 세상이니까.

—

꿈에서 본 미래이지만, 나는 출판업계가 완전히 몰락한 세상을 보았다. 인쇄소는 거의 다 문 닫았고, 출판사는 아직 남아 있지만 대부분 E북으로 책을 펴냈으며 그나마도 문학은 얼마 없었다. 문학을 읽는 이들이 시장을 크게 굴릴 만큼 남아 있지 않았기 때문이다. 이제 문학을 읽는 얼마 안 남은 이들은 거의 예외 없이 문학을 하는 이들이었다. 작가 A는 작가 B와 C의 애독자였고, 작가 C는 작가 D와 E의 독자였다. 그렇게 서로가 조금씩 서로의 작가이자 독자인 상태로 문학 판은 계속 굴러가고 있었다. 더는 아무런 희망도 영광도 없이. 그런 것 없어도, 그 순간에조차 누군가에게 문학은 너무

나 재미있는 것이었고, 문학을 하지 않으면 하나뿐인 잔인한 삶을 견뎌낼 수 없을 것만 같았기에. 문학이 그의 십자가였기에.

김혜나

2010년 장편소설 『제리』로 제34회 오늘의 작가상을 수상하며 작품 활동을 시작했다. 소설집 『청귤』, 『깊은숨』, 중편소설 『그랑 주떼』, 장편소설 『정크』, 『나의 골드스타 전화기』, 『차문디 언덕에서 우리는』이 있다. 국내에서 요가 지도자 과정을 이수한 뒤 인도 마이소르에서 아쉬탕가 요가를 수련하고 요가 철학을 공부했다. 제4회 수림문학상을 수상했다.

나를
위한
동작

그는 아무것에도 의지하지 않고 홀로 있지만
모든 존재가 그를 토대로 서 있다.

그는 가까이 있으면서 동시에 멀리 있고
안에 있으면서 동시에 밖에 있으며
움직이면서 동시에 움직이지 않는다.

『바가바드 기타』 중에서

1.

오랜 시간 한 자리에 앉아 글 쓰는 일을 업으로 삼고 있
다 보니, 비교적 어린 나이인 이십 대 습작기 때 소화불량,
수족한증, 좌골신경통, 척추측만증을 비롯해 요통과 두통

등을 얻고 말았다. 타고난 천성이 골방에 처박혀 책 읽고 글 쓰는 것만 좋아해 도통 밖으로 나갈 생각을 하질 않았고, 그러므로 당연히 운동이라는 것도 한평생 즐겨하지 않았다. 소설가로 등단하기 이전부터 온갖 문학상 공모에 열을 올리느라 공모전 마감일이 다가올 때면 사나흘씩 잠을 자지 않고 글쓰기에만 매달리기도 했다. 그러다 스물일곱 살 무렵, 장편소설 한 편을 탈고해 공모전에 접수하고 온 뒤부터 왼쪽 손가락이 움직이질 않았다. 단편소설이나 중편소설을 쓸 때에는 알지 못했는데, 1천 매 이상의 원고를 짧은 기간에 득달같이 써보니 오른손보다 왼손이 하는 일이 훨씬 많았다. 한글의 한 음절은 대부분 초성, 중성, 종성으로 이루어져 있고, 두벌식 한글자판에는 자음이 모두 왼쪽에 있어 초성과 종성을 왼손으로만 입력해야 한다. 거기에 띄어쓰기 또한 왼쪽 엄지손가락으로 스페이스 버튼을 눌러 입력하니 오른손에 비해 왼손이 두 배 가량 많은 일을 했다. 적은 분량의 글을 쓸 때에는 크게 무리가 되지 않았지만, 장편소설을 써보니 그 차이에 따른 무리감이 확연히 드러났다.

사흘 동안 매일 한의원에 가서 침을 맞고 물리치료를 받았다. 한의사는 나에게 침술만으로는 한계가 있으니 집에서 가만히 있지 말고 어깨 관절을 움직이는 체조나 스트레칭, 요가 같은 것을 해보라고 말했다. 그 순간 머릿속에 불이 켜지듯 요가 생각이 났다. 전문적으로 배운 것은 아니었으나 방 안에서 혼자 동영상을 보고 따라할 수 있는 유일한 운동법이 바로 요가인 까닭이었다. 내가 "요가를 하면 정말로 괜찮아질까요?"라고 묻자 의사는 "할 줄만 알면 요가가 제일 좋죠"라고 대답했다.

치료를 받고 집으로 돌아와 생각해 보니 이런 식으로 소설을 쓰다가는 조만간 몸이 다 망가질 것만 같았다. 소설을 한평생 써나가고 싶은데, 이십 대의 나이에 벌써 이렇게 몸에 무리가 오다니. 앞으로 계속해서 소설을 써 나가려면 우선은 몸이 건강해야 했다. 소설을 쓸 만한 체력이 있어야 함은 물론 소설을 쓰다가 몸이 망가지는 일 따위도 없어야 했다. 그러려면 요가를 하는 게 좋을 것 같았다. 요가를 하느라 시간을 다소 뺏기기야 하겠지만 나의 생 전체를 놓고 본다면 그것이 소설을 더 오래 쓸 수 있는 비결이라는 생각이 들었다.

그길로 집 근처 요가원에 등록해 요가 수업을 듣기 시작했다. 내가 찾아간 학원은 재즈댄스와 방송댄스 그리고 요가를 함께 가르치는 곳이었다. 지인들은 그런 곳에서 제대로 된 요가를 배울 수 있겠냐고 했지만 나로서는 인도 전통 방식의 요가를 내세우는 곳보다는 댄스와 함께 하는 현대적인 요가 학원에 더 신뢰가 갔다. '요가', '단전호흡', '기체조'라는 간판을 단 학원들은 왠지 모르게 사이비 철학관 같은 인상이 들기도 했고, 회원들에게 다단계 방식으로 약이나 물건을 판매하는 곳이 많다고 들어 호감이 가질 않았다. 그렇게 찾아낸 현대적인 요가 학원에 가보니 선생님이 젊은 여자분인 데다가 수강생들도 대부분 이삼십 대 여성들이라서 마음이 놓였다. 요가를 해보고 싶다는 내 말에 선생님은 본인의 수업을 한번 들어보라며 수련실로 안내해 주었다. 가볍게 호흡하며 두 손을 가슴 앞에서 깍지 껴 위로 쭉 들어 올리는 동작부터 다리를 펴고 상체를 앞으로 숙이거나 옆구리를 늘려 호흡을 깊게 하는 동작이 이어졌다. 크게 힘들거나 어렵지는 않으나 공연히 낯설고 어색한 느낌이 들어 이쪽저쪽 번갈아 쳐다보았다. 선생님은 나에게 다른 사람을 의식하지 말고 내면의 호흡에 집중해 보라고 말해주었다.

달리기를 하듯 뛰는 것도 아니고 가만히 앉아서 관절을 열고 깊게 호흡할 뿐인데 30분쯤 지나자 몸에서 열이 나고 땀이 났다. 그렇게 선생님의 구령에 맞춰 동작을 하나하나 따라하다 보니 어느새 한 시간이 훌쩍 지나 있었다. 마지막으로 사바사나(송장 자세)를 하기 위해 등을 바닥에 대고 눕자 맑고 시원하고…… 그러면서도 따뜻한 느낌이 온몸을 감싸고 돌았다.

그날로부터 요가에 푹 빠져 매일 수련하러 간 지 1년쯤 되자, 선생님이 나에게 요가 강사를 해보면 어떻겠느냐고 물었다. 그동안 소설을 쓰느라고 취직 따위는 생각지도 않고 카페에서 아르바이트만 하면서 지내온 나를 보며 부업으로 요가 강사가 잘 맞을 것 같다고 생각했다는 것이다. 그러면 글을 쓰며 지내기에 경제적으로나 육체적으로나 훨씬 여유가 생길 것 같다면서 말이다. 선생님의 말에 일리가 있기는 했지만, 요가 강사라니. 군살 하나 없이 매끈한 몸에 고난도 자세를 자유자재로 구사하는 요가 선생님의 모습은 내가 감히 따라갈 수 없는 미지의 영역이었다. 요가 강사뿐만 아니라 수영이나 헬스, 무용, 에어로빅 등 몸을 사용하는 직업은 어린 시절부터 단련을 해와서 체형과 체력이 좋은 사람들만 할 수 있는 일이라고 여겼다. 하지만 나는 어렸을 적부터 운동을 싫어하고 먹을 것만 좋아해 줄곧 통통한 체형을 유지해 왔다. 이십 대에 위장장애를 겪으며 체력이 급격하게 저하되어 저체온증에 수족한증, 만성 변비까지

앓느라 여간해서는 살이 빠지지도 않았다. 이런 내가 어떻게 요가 강사가 되겠느냐고 묻자 선생님은 요가 지도자 교육을 받다보면 체중도 자연스레 줄어들 거라고 말했다. 그래도 나는 자신이 없어 도전조차 못 하겠다고 대답한 뒤 집으로 돌아오고 말았다. 한데 어느 날부터인가 선생님이 권해준 말이 귓속을 맴돌듯 자꾸만 떠올랐다. 그때부터 요가 수련을 할 때에 선생님 혼자서 모든 학생들의 자세를 일일이 교정해 줄 수 없는 모습을 자주 보았다. 앞이나 옆, 내 시선이 닿는 곳에 앉은 사람들 중에 요가를 시작한 지 얼마 안 되는 사람들, 혹은 선생님의 구령을 잘 못 알아들어 바른 자세를 만들지 못하는 사람을 보면 나도 모르게 그들에게 다가가 바른 자세를 알려 주고 싶은 마음이 들었다. 나라고 해서 몸이 아주 좋거나 요가 동작을 정확하게 구사하는 것은 아니지만, 조금이라도 먼저 배운 것을 사람들과 공유하고 싶은 마음이 드는 것이었다. 그제야 나는 선생님에게 일단 요가 지도자 과정을 한번 수강해 보고 싶다고 말했다. 선생님은 크게 반가워하며 나에게 맞는 요가 지도자 교육원을 알아보고 소개해 주었다. 그렇게 나는 새로운 요가원에서 지도자로서 교육을 받고 수련을 하며 요가 강사로서의 삶에 발을 내딛게 되었다.

2.

요가 지도자 교육을 마친 뒤 선생님의 지인이 운영하는 요가원의 오전 수업을 임시로 맡았다. 그 수업을 맡고 있던 강사가 사정이 생겨 당분간 출근을 못 하니 내가 대신 가주면 좋겠다는 것이었다. 그동안 요가 강사로서 교육을 받아오기는 했으나 아직은 사람들 앞에 나설 준비가 되어 있지 않은 때였다. 걱정하는 나에게 선생님은 이미 실력이 충분하니 걱정하지 말고 편하게 강의해 보라며 격려해 주었다.

그날부터 나는 요가 수업에 나가 지도할 요가 동작과 구령을 외우기 시작했다. 미리 정해둔 동작의 이름과 순서, 설명할 내용을 토씨 하나 틀리지 않도록 달달달 외웠다. 한데도 막상 수업에 나가 사람들 앞에 서면 긴장돼 입도 벙긋 못 할 것만 같은 불안감에 사로잡혔다. 최대한 긴장하지 않고 실수하지 않도록, 내가 잘하는 요가 동작 위주로 수업을 구성해 연습에 연습을 거듭했다.

일주일 정도, 수업에 나갈 준비만 하며 진행할 프로그램을 연습했는데도 마음이 놓이지 않았다. 수업하러 나갈 날이 당장 하루 앞으로 다가오자 긴장과 불안감에 잇몸이 다헐어버릴 정도였다. 처음으로 요가원 학생들 앞에 서는 것이다 보니 옷까지 잔뜩 신경이 쓰였다. 그래서 어떤 옷을 입을지 미리 다 정해놓고도 내내 좌불안석이었다.

지하철을 타고 수업할 요가원으로 가자 선생님 한 분이 나와서 맞이해 주었다. 출석은 회원들이 직접 카드로 체크를 하는 방식이니 신경 쓰지 않아도 되며, 창문이라든가 조명, 오디오의 위치를 확인해 준 뒤 먼저 가보겠다며 요가원에서 나갔다. 요가원 응접실 책상에 홀로 앉아 있으니 긴장되고 불안한 마음이 점점 커졌다. 공연히 자리에서 일어나 탈의실에 들어갔다 나오기를 반복하고, 수련실 구석을 왔다 갔다 해보고, 마음을 가라앉혀 주는 티벳 명상 음악을 들어보기도 했다. 이윽고 수련 시간이 가까워오자 요가원 학생들이 하나둘 들어서기 시작했다. 모두들 밝게 웃으며 나에게 인사하고는 각자 출석 확인을 한 뒤 옷을 갈아입고 수련실로 들어갔다.

수업 시작 시간이 되어 나는 준비한 요가복을 입고 수련실 안으로 들어갔다. 기존의 선생님께 사정이 생겨 당분간 수업을 대신 맡게 되었다는 공지를 한 뒤 두 손을 모으고 고개 숙여 인사했다. 오디오에서 흘러나오는 편안한 명상 음악을 들으며 호흡을 고르고 간단한 준비 동작부터 차근차근 풀어나갔다. 그동안 외워온 동작과 순서에 맞춰 수업을 진행하기는 했으나 학생들과 눈을 맞추거나 그들의 자세를 교정해 줄 여유까지 생기지는 않았다. 일단 틀리지 않게, 나부터 잘해야 한다는 생각으로 나의 멘트와 동작에만 최대한 집중했다. 중간 중간 실수가 있기는 했지만 나름대로 무사히 수업을 해나갔다.

서서 하는 동작을 모두 끝낸 뒤 앉아서 하는 동작과 누워서 하는 동작, 거꾸로 서는 동작 등을 이어갔다. 그리고 마지막으로 사바사나에 이르자, 자리에 누워 시원하게 숨을 쉬는 회원들의 모습이 보였다. 수련실의 불을 끄고 사바사나에 좋은 명상 음악을 틀어놓은 뒤 나도 잠깐 매트 위에 등을 대고 누워 호흡을 골랐다. 이내 수업을 마치고 수련실 밖으로 나가 학생들과 인사를 나누었다. 옷을 갈아입은 뒤 요가원 밖으로 빠져나가는 사람들의 모습이 한결 밝아 보였다. 활짝 웃으면서 나에게 다가와 감사하다고 이야기하고 가는 학생도 있었다. '오늘 수업 어땠나요? 저와 함께한 시간이 괜찮았나요?'라고 묻고 싶은 마음이 굴뚝같았지만, 애써 담담하게 "네. 다음에 또 뵐게요"라고 인사하며 헤어졌다.

3.
새벽에 눈을 떠 언제나와 마찬가지로 자리에서 일어나

가볍게 호흡을 고른 뒤 요가원으로 향했다. 두 시간여의 요가 수련을 마치고 집으로 돌아온 뒤에는 부엌으로 가서 쌀을 씻었다. 현미와 잡곡을 섞어 냄비에 넣고 물을 부어 가스레인지에 불을 켜고 천천히 죽을 쑤었다. 죽이 냄비에 눌러 붙지 않도록 나무 주걱으로 저어주며 그 안을 가만히 들여다보았다.

본래의 나는 집중력이 없고 산만하고 조급한 사람이었다. 의지력 또한 부족해 한 가지 일을 오래하지 못했다. 그러나 '본래'라는 건 없다는 사실을 요가를 하면서 깨우쳐 나갔다. 요가를 수련해오는 동안 이전에 없던 집중력과 의지력이 점점 자라나기 시작한 까닭이었다. 그것은 어쩌면 원래부터 없던 것이 아니라, 원래 있던 것인데 그동안 내가 사용하지 않아 묻혀 있던 건 아닐까 싶다. 요가는 그렇게, 내 안에 잠들어 있던 보물을 하나씩 꺼내어 보는 일과 닮았다.

요가 수련과 명상을 이어오며 되도록 한꺼번에 두 가지 일을 하지 않았다. 이것도 해야 하고, 저것도 해야 하는 숨 가쁜 현실의 삶은 어쩔 수 없는 것이지만, 그중 한 가지만이라도 온전히 바라보고 행하며 자신과 마주하는 일이 더욱 즐겁다는 사실을 이제는 알고 있다. 서서히 익어가는 쌀

눈을 바라보며 지금 여기에 있기까지의 과정을 되새겨 보는 것. 그 과정을 나의 내면으로 온전히 흡수하고 순환시켜 좋은 에너지로 다시 사용하는 것. 모든 것이 자연의 흐름에 맞게 돌아가기를 마음속으로 기도했다. 지금 이 순간과, 이 순간 속의 행위에 대한 온전한 집중은 곧 명상이 됐다.

'요가'라는 말은 '말[馬]에 멍에를 씌우다'라는 뜻이다. 멍에가 없는 말은 제멋대로 날뛰고 돌아다니다 결국에는 지쳐 쓰러지거나 스스로를 망가뜨릴 수 있다. 사람의 마음도 이렇게 날뛰는 말과 같아서, 나의 마음이 제멋대로 돌아다니지 않게, 지쳐 쓰러지지 않게, 그러다 망가지지 않게 '요가'라는 멍에를 씌워 차분히 다스려 주는 것이다.

위태롭고 불안하게 흔들리는 내 마음을 나조차도 어찌하지 못해 나의 삶은 항상 아프고 비루했다. 요가를 해보겠다고 수련실에 앉아 있으면서도 자꾸만 다른 곳을 향해 떠돌아다니는 생각 때문에 많은 시간을 공허하게 흘려버리기도 했다. 돌아보면 안타까운 일이지만, 그 또한 내 몸과 마음의 원리를 알아가는 과정이었으므로 좋은 경험이라 생각한다.

요가 강사로 일하기 시작하면서 내 삶은 끊임없이 변화해 왔다. 그토록 간절히 바라던 소설가로서의 꿈을 이루고,

새로운 요가원에서 수업을 맡게 된 것을 시작으로 기업체, 학교, 문화센터, 공공 기관 등으로 강의를 하러 나가는 강사가 되었다. 이십 대에 처음 요가 지도자 과정에 등록해 수련을 시작하던 때엔 결코 상상할 수 없던 미래가 이제는 현실이 되었다. 그리고 그 당시 노상 걱정하던 생계와 창작, 집필, 건강의 문제는 지금도 분명히 존재하지만, 더 이상 그것들에 대하여 걱정하거나 불안해하지 않기로 했다.

많은 이들의 속을 썩이는 현실의 걱정과 불안은 대부분 육체의 질병이나 물질의 부재로부터 비롯되지 않을까? 그 문제를 해결하려고 노력하기에 앞서 자기 자신을 일으켜 세우는 일을 먼저 해보라고 권하고 싶다. 스스로를 세우는 도구는 요가일 수도 있고, 수영이나 미술, 음악, 여행 등다른 여가활동일 수도 있다. 당장 먹고살기도 힘들고 바빠 죽겠는데 한갓지게 자아 찾기나 하고 있을 틈 없다고, 그런 건 다 돈 있고 할 일 없는 일부 가진 자들이나 하는 거라고 생각하는 이들도 있을지 모르겠다. 하지만 정말로 자기 앞에 처한 문제를 해결하고 싶다면 일단은 그 문제를 헤쳐 나갈 '나'가 오롯이 존재해야 하는 법이다. 내가 똑바로 서 있어야만 나의 문제를 올바로 바라볼 수 있고, 문제를 헤치고 앞으로 나아갈 동력도 얻을 수 있다.

매일 만나는 하루의 삶을 요가로 시작하는 것과 그렇지 않은 것에는 엄청난 차이가 뒤따랐다. 자고 일어나 보면 머리와 어깨가 무겁게 결리고 숨이 잘 쉬어지지 않는 경우가 왕왕 있는데, 그럴 때 곧장 요가원에 가 몸을 움직이고 호흡을 하다 보면 어느새 가볍고 시원하게 존재하는 나 자신을 만날 수 있었다. 지금 이 순간 나의 삶을 바꾸고 싶다면, 행복해지고 싶다면, 먼저 하루의 시작을 바꾸는 노력부터 하는 것이 좋다.

매일 새벽 요가원에 가 요가를 하는 나에게 지인들은 '대단하다'고 이야기했다. 나는 그들에게 이렇게 말해주었다. 내가 대단해서 매일 요가를 하는 것이 아니라, 매일 요가를 하면서 내가 대단해지는 것이라고 말이다. 정말 그렇다. 힘겹고 고단한 삶을 살아갈 수 있는 힘, 그것도 기쁘고 감사하게 살아갈 수 있는 커다란 힘은 모두 요가에서 나왔다. 요가를 하며 얻게 된 힘과 에너지를 통해 나는 나에게 일어나는 일에 좀 더 집중할 수 있고, 그로 인해 작가로서의 업인 글쓰기도 포기하지 않고 꾸준히 이어올 수 있었으니, 이 얼마나 행복한 부업을 얻었는가 싶다.

세상에는 요가를 단 한 번도 접해 보지 않은 채 죽음을 맞이하는 사람이 있을 것이다. 혹은 요가를 알고 해본 적도 있지만, 진정한 의미는 알지 못한 채 살아가는 사람도 많을 것이다. 그에 비하면 짧은 생애 속에서 요가를 만나고, 요가를 알고, 요가를 수련한다는 것이 얼마나 큰 행운인지.

서서히 끓어 적당히 익은 현미죽을 그릇에 담아 상 위에 놓았다. 미리 썰어둔 동치미 무와 국물도 그릇에 담아 상에 올렸다. 이 소박한 밥상이 지금 이 순간 내 앞에 자리하기까지 얼마나 많은 사람들의 노력과 자연의 섭리를 지나쳐 왔을까. 날로 험악해지는 사회의 범죄가 줄어들고, 점점 파괴되어가는 환경과 지구를 구하고, 도무지 해결될 기미가 보이지 않는 분쟁과 전쟁이 없어지려면 우리 모두가 조금씩 변화하며 스스로를 바로 세우는 삶을 사는 게 우선일 것만 같다.

식사를 하기 위해 수저를 들기 전, 두 손을 모으고 눈을 감았다. 소중한 음식을 나에게 내어준 자연에 감사한 마음을 가지며 이것이 부디 내 안에 잘 스며들기를, 좋은 에너지를 주기를, 그리고 다시 자연으로 돌아가기를 기도했다.

이 세계에, 그 안의 당신께 평안과 축복이 있기를.

나마스떼.

정보라

소설도 쓰고 러시아와 폴란드를 비롯한 동유럽권 문학작품들도 번역하고 방역수칙을 잘 지키며 데모를 열심히 한다. 2014년 「씨앗」으로 과천과학관에서 주최하는 제 1회 SF어워드 단편 부문 우수상을 수상하여 SF작가가 되었다. 2021년에 『저주토끼』가 영어로 번역되어 출간되었으며 2022년에 부커상 국제부문 최종후보에 올랐다. 『죽은 자의 꿈』(파란미디어), 『아무도 모를 것이다』(퍼플레인), 『호』(읻다) 등을 출간했다. 어둡고 마술적인 이야기들, 불의하고 폭력적인 세상에 맞서 생존을 위해 싸우는 여자들의 이야기를 사랑한다.

이야기를
만드는 것에 대한
이야기

러시아 작가 안톤 체호프(Anton Pavlovich Chekhov, 1860-1904)는 1885년에 쓴 「초보 작가를 위한 규범」이라는 수필에서 다음과 같이 말했다.

1) 우연히 글을 쓰는 경우나 운때가 맞아서 글을 쓰게 된 것은 고정적으로 전업 작가가 되는 것보다 낫다는 사실을 명심해야 한다. 시를 쓰기도 하는 기차 차장은 기차의 차장으로 근무하지 않는 시인보다 더 잘산다.

...

3) '예술을 위한 예술'로서 글을 쓰는 것이 고작 금전 따위를 위해 저작을 하는 것보다 편하다. 글 쓰는 사람은 집을 사지도 못하고, 1등칸을 타고 다니지도 못하고, 룰렛 도박도 하지

못하고 철갑상어 수프도 먹지 못한다. 그들은 간신히 배를 채울 수 있을까 말까 한 음식을 먹고, 가구가 딸린 방을 빌려서 살고, 교통수단은 자기 발로 걸어다니는 것이다.

(체호프 전집 제 18권, 모스크바 나우카 출판사 1975년 간)

도박은 패가망신의 지름길이므로 안 하는 게 좋고 철갑상어는 멸종위기종이므로 먹지 않는 것이 자연을 보호하는 길이지만 불행하게도 나머지 사정은 지금도 대략 비슷하다. 직장 일에 쫓겨서 문필의 꿈을 이루지 못하고 계신 분이라면 1번의 저 마지막 문장을 위안으로 삼으시면 좋겠다.

딜레마는 이것이다. 직장에 다니면 글을 쓸 시간(과 체력)이 없다. 전업 작가는 글을 쓰는 데 필요한 삶의 경험(과 생계를 이어갈 돈)이 없다.

물론 삶의 경험이 없다면 상상력으로 그 빈 공간을 메울 수 있다. 지금은 창의력의 시대이고 새로운 것이 언제나 각광받으니까.

정말 그럴까.

창작을 대하는 관점은 전통적으로 크게 두 가지로 나눌 수 있다. 첫 번째는 예술에도 정답이 있다는 관점이다. 이것은 동서고금을 막론하고 아주 오랫동안 전해 내려온 고전적인 관점이다. 예를 들면 한국을 포함한 한자 문화권에서는 이태백이나 두보 등 고전 시인들의 시를 열심히 읽고 외우는 것이 '글공부'의 과정 중 하나였다. 외국도 마찬가지라서 유럽에서도 그리스나 로마의 고전 작가들 작품을 읽고 분석하고 연구하는 것이 인문학의 아주 크고 중요한 바탕이었다. 지금도 영미권에서는 셰익스피어 작품을 적시적소에 인용하거나 출전과 함께 읊을 줄 아는 것이 학식과 교양을 드러내는 방법이다. 창작을 업으로 삼는 사람이라면 모름지기 예술의 귀감을 이룩해놓은 위대한 선배들의 작품을 배우고 익혀서 당대에 그 예술의 정답 공식을 구현하고 후대에 가르치고 물려주는 것을 사명으로 삼는 것이 마땅했다. 여기에 창작자가 개인적으로 자신의 발상이나 관점을 드러낼 여유 공간은 상당히 작았다. 어디에 얼마나 어떻게 창작자의 개인적 창의력을 발휘할 수 있는지도 전부 정해져 있었다. 예술을 배운 사람이라면 자신이 어디까지 선배들이 정해놓은 규칙을 따라야 하는지, 어디서부터 어느 정도 자기만의 개성을 발휘할 수 있는지도 배워서 익혀야 했다. 이런 관점을 아주 잘 보여주는 문헌이 바로 아리스토텔레스의 『시학』이다.

예술의 규칙과 공식보다도 창작자 개인의 창의력, 혹은 "영감"(靈感, inspiration)이 중요하게 여겨지기 시작한 것은 서양 문학 중심으로 봤을 때 18세기 말, 19세기 초 낭만주의 시대부터다. 예술사조로서 낭만주의는 인간의 감정을 이성보다 더 중요하게 생각했고 세상에는 인간이 이성과 합리로 이해하고 파악할 수 없는 수많은 것들이 존재한다고 믿었다. 그래서 낭만주의 시대 예술가들은 예술작품이 독자나 관객, 청중에게 무엇보다도 강렬한 감정을 불러일으켜야 한다고 생각했다. 그래서 낭만주의 시대에는 호러나 로맨스 등 현재의 장르문학이라고 할 만한 문학 분야들이 발전하게 된다. 낭만주의 이전의 1700년대 계몽주의 시대나 이후의 1850–1860년대 이후 실증주의 시대에는 문학작품이 독자에게 교훈을 주거나 세상에 대한 어떤 사실을 가르치거나 메시지를 전달해야 한다고 믿었다.

사실 나는 문학창작 교육을 정식으로 받은 적이 없기 때문에 이런 걸 다 알고 글을 쓰기 시작한 건 아니다. 창작 이론이나 작법에 대해 내가 아는 내용은 전부 창작을 이미 시작한 뒤에, 나중에 러시아 문학을 공부하면서 얻어들은 것이다. 내가 이야기를 처음 만들기 시작한 것은 아홉 살 때였다. 부모가 나를 때리고 고함치고 겁주는 것을 좋아했고 가족과의 생활이 극단적으로 불행했기 때문에 나는 다른 세계로 도망치기 위해서 이야기를 만들기 시작했다. 그때 만든 이야기들은 전부 잘게 찢어서 버렸다. 엄마가 보면 또 소리 지르고 광란하며 때릴까 무서웠고 무엇보다도 나는 내가 만든 이야기도, 터무니없는 이야기를 자꾸 지어내는 나 자신도 수치스러웠다. 엄마는 나에게 다른 집 부모들도 자식을 매일같이 때린다고, 무엇으로 어디를 어떻게 때리는지 구체적인 방법을 상세하게 반복적으로 알려주었고 부모가 자식을 때리는 것은 그냥 보통이고 지극히 정상적인 일이며 다른 집 아이들은 착하기 때문에 부모에게 맞고 나서도 생글생글 웃으며 부모에게 애교를 부리고 형제와 친구들에게 상냥하게 대하고 아무 문제 일으키지 않고 잘 살아간다고 누누이 강조했다. 나는 내가 착한 아이가 아니라는 사실이 부끄럽고 절망스러웠고 다른 집 아이들은 부모가 불시에 고함을 지르고 이유 없이 때리는데 어떻게 겁내거나 주눅 들지 않고 명랑하고 상냥하게 잘 지내는지 절박하게 알고 싶었다. 물론 아무도 나에게 그런 비법은 가르쳐주지 않았다. 세상은 이런 식으로 나만 모르고 다른 사람들은 다 아는 혼란스러운 일들로 가득했다. 그래서 나는 내 나름대로의 방식으로 세상을 이해하려 애썼다. 그 방식이 분명히 틀렸을 거라고 생각하면서도 나는 어쨌든 계속 살아가기 위해서 세상을 이해하려 노력할 수밖에 없었다. 그리고 미치지 않기 위해서, 죽지 않기 위해서 내가 도피할 수 있는 다른 세계, 다른 가족의 이야기를 머릿속으로 끊임없이 만들어낼 수밖에 없었다. 나의 습작은 그렇게 절박했다. 긴 이야기나 큰 설정을 만드는 법을 나는 끝내 익힐 수 없었다. 내 머릿속에는 언제나 조각조각 난 장면들이 계속해서 돌고 돌았다. 나는 뭔가 다른 장면이 떠오를 때까지 그 장면들을 고치거나 바꾸거나 변주하고 반복했다. 글쓰기가 정신적 외상을 치유하는 방법이 될 수 있다는 얘기를 어디선가 읽은 것은 내가 어른이 된 뒤의 일이다. 정신적 외상을 겪으면 기억력이 나빠질 수 있다는 얘기도 나중에 들었다. 기억력이 나쁘고 조각난 장면들을 다루는 데만 익숙하기 때문에 나는 장편을 잘 못 쓰는 것 같다. 그러나 길든 짧든 나는 어쨌거나 이야기를 만드는 사람이다. 아주 어렸을 때부터 나는 이야기를 만드는 사람이었다. 이야기를 만들기 전에 내가 어떤 사람이었는지는 너무 오래돼서 기억나지 않는다. 이야기를 만든다는 것은 나의 가장 근본적인 부분이다. 자랑스러운 부분은 아니고 그보다는 숨기고 싶은 부분이다. 이야기를 만들게 된 계기와 이후 계속 이야기를 만들어온 원동력이 고통과 두려움과 절망과 수치심이었기 때문에 나는 내가 만든 이야기들을 별로 좋아하지 않는다. 독자들이 내 이야기를 좋아할 것이라고 기대하지도 않는다. 지금도 매번 이야기를 만들 때마다 누군가 이 얘기를 읽으면 나를 욕하거나 야단 칠 것이라고 자동적으로 생각한다. 그러니까 내가 만든 이 야기들은 나를 위한 것이다.

그러나 가끔 독자들이 나의 이야기에서 위안을 얻었다고 말해준다. 그것은 커다란 선물이다.

1989년에 베를린 장벽이 무너지고 1991년에 소비에트 연 방이 해체되어 냉전은 종식되고 공산주의는 역사의 뒤안길 로 사라졌다. 그리하여 러시아와 구공산권이 더 이상 금지 된 땅이 아니게 되자 한국에서는 그동안 갈 수 없었던 미지 의 세계에 대한 관심이 흘러넘치게 되었다. 나도 그런 물결 을 타고 러시아 어문학을 전공으로 선택했다. 사실 나는 아 주 단순하게 러시아 글자가 재미있어 보여서 시작했다. 그 런데 그 뒤에는 훨씬 더 넓고 깊은 세계가 있었다.

러시아를 공부하면서 구공산권을 공부하다가 구소련과 중앙아시아도 배웠고 인접국가인 폴란드 문학작품도 접하 게 되었다. 그중에서 1980년도 노벨문학상 수상자인 폴란드 시인 체스와프 미워슈(Czesław Miłosz, 1911~2004)의 수필집『사로잡힌 영혼』(Zniewolony umysł, 1953)은 굉장히 인상적이었다. 이 책은 공산주의 국가에서 예술가로 사는 경험에 대한 이야기인데, 미워슈가 묘사하는 공산국가의 삶은 묘하게도 내가 경험한 폭력적인 어린 시절과 비슷하게 느껴졌다. 미워슈는 "잘 조직된 정부 권력이라는 기제[機制]의 압박" 속에서 사회주의 리얼리즘, 즉 공산주의 선동을 위한 예술사조에 복무하기를 거부하는 예술가가 맞닥뜨리는 반응을 설명한다. "분노, 두려움, 당황, 불신"을 마주하고 스스로 생활을 보전하기 위해 고개 숙여야 하는 예술가의 모습을 나는 왠지 아주 잘 이해할 수 있었다. 그 묘사는 모두 다 이해하는 비밀스러운 암묵의 비법을 나만 알지 못하고, 모두 다 자연스럽게 따르는 규칙의 존재를 나만 몰라서 이상한 사람이 되는 경험을 상기시켰다. 물론 공산주의 사회에서 살아간다는 경험을 남한에서 태어나 학교에서 반공 포스터 그리기 대회 같은 걸 하면서 자라난 내가 완전히 이해할 리는 없다. 그럼에도 불구하고 머리로 이해할 필요조차 없이 곧바로 와닿는 부분이 있다는 건 충격이었다. 공산국가에서의 삶은 자유민주국가에서의 삶보다 열등하고 괴롭고 견디기 힘든 것이라고 나는 어린 시절 내내 교육받았기 때문이다. 그래서 나는 구공산권 문학을 더 들여다봐야겠다고 결심했다.

들여다보면 볼수록 러시아와 폴란드 작가들 중에는 광기와 천재적 창조력 사이에서 줄타기하는 사람 혹은 그 양쪽 모두를 당당하고 편안하게 손에 쥐고 세상에 그 이전에도 없었고 이후에도 없을 독특한 작품을 만들어내는 사람들이 많았다. 그 거침없는 상상과 표현에 나는 완전히 매료되었다. 나도 저렇게 창의적으로 제정신 아닌 작가가 되고 싶다고 생각했다. 지금도 그렇게 생각한다. 그 목표를 달성했는지는 잘 모르겠지만 러시아어와 폴란드어를 너무 많이 읽다 보니 한국어 문장이 이상해진 것은 확실하다. 글을 쓸 때 러시아어나 폴란드어 문법을 자동적으로 생각하기 때문이다. 그래서 나의 편집자님들이 괴로워하신다. 그러나 나의 번역가 안톤 선생님은 『저주토끼』의 문장이 좋다고 말씀하셨으므로 누군가에게는 사랑받고 있으니 나는 대체로 만족한다.

외국의 문학상 후보에 오르면서 나는 난데없이 '투쟁하는 소설가'라는 별명을 얻었다. 내가 딱히 대단히 훌륭한 인간이라서 소수자와 약자와 차별받는 사람들에게 무척 관심이 있는 것이 아니다. '관심 있다'라는 표현은 애초에 틀렸다. 관심이 있다는 것은 내가 아닌 타자에 대해 거리를 두고 바

라볼 때나 가능한 말이다. 나는 생의 절반 이상을 나 자신이
불쾌하고 비정상적이고 수치스럽고 쓸모없는 존재라고 여기
며 살았다. 부모는 기분 내킬 때마다 나를 때리고 폭언을 외
치고 나를 거리에 내다 버릴 권리가 있다고 시시때때로 강
조했고 나는 부모에게 그럴 권리가 있다고 믿었다. 다른 부
모들이 자기 자식에게 그렇게 하지 않아도 내 부모는 나에
게 그렇게 할 권리가 있다고 생각했다. 그러니까 나는 불쾌
하고 비정상적인 존재, 살아 있는 것만으로도 폐가 되는 존
재로 취급받는 게 어떤 것인지, 버려질까 쫓겨날까 끊임없이
두려워하며 생존을 구걸하며 '틀린' 존재로 살아간다는 게 어
떤 일인지 조금은 안다. 스스로 그런 존재로 여기는 것이 어
떤 삶인지 그건 정말 잘 안다. 그러니까 사회 전체에서 그런
부당한 대우를 받는 분들이 모여서 우리는 틀린 존재가 아
니다, 우리는 우리 자신으로 존재하고 살아갈 권리가 있다고
외치면 나는 그게 너무나 반갑고 고마운 것이다. 그리고 그
런 활동들이 반갑고 고마우면 그분들의 이야기를 내 것인 양
훔쳐다가 소설로 써서 팔아먹을 수는 없는 일이다.

　현실적인 이유도 있다. 나는 아주 최근까지 대학 강사로
일했다. 비정규직 강사는 매우 불안정한 일자리이고 교육계
는 다른 곳보다 좀더 보수적인 직종이다. 그래서 나는 데모

하다 학교에 들키면 짤릴까 봐 아무 말도 하지 않았다. 사실 소설 쓰는 것도 학교에 웬만하면 들키지 않으려고 했는데 책을 팔려면 홍보를 해야 하니까 어찌저찌 하다 보니 아는 사람은 다 알게 되었다. '정도경'이라는 필명을 사용하여 '소설 쓰는 나'와 '연구하고 강의하고 연구 분야에 관련된 작품들을 번역하는 나'를 분리하려고 시도했던 적도 있는데 한국이 학력사회이다 보니 출판사들이 내 학력을 영업에 활용하고자 "본명은 정보라이고……. (이후 학력과 약력 줄줄)"를 다 밝혀버리는 바람에 필명 사용 시도는 무의미해졌다. 지금 나의 필명은 주로 택배 받는 용도로 쓰고 있다. 몇몇 쇼핑몰에는 내 필명이 나의 "친구"로 등록되어 있다. 뭐 적은 아니니까 친구 맞겠지. 도경아 잘 부탁한다. (뭘)

내가 비현실적인 이야기만 쓰는 사람이 된 이유는 자명하다. 나의 경험에 의하면 현실에서 나는 무가치한 존재였고 그러므로 나를 구원해 줄 현실은 없었기 때문이다. 솔직히 현실은 별로 재미도 없다. 그렇지만 내가 언제나 100% 상상에만 의존해서 허공에서 이야기의 실마리를 이끌어내는 것은 아니다. 삶의 모든 장면들, 살면서 마주치는 모든 사물과 생물들이 모두 이야기의 소재가 된다. 나는 현실에서 일어난 장면들의 핵심 줄거리나 가장 강렬한 정서적 반응만 뽑아서 이야기를 만들고 그 이야기의 겉모습은 완전히 비현실적인 포장으로 덮으려 애쓴다. 그런 의미에서 내 이야기들은 어찌 됐든 현실적이다. 본질은 현실에 닿아 있다. 비현실적인 것은 단지 어떻게 꾸며서 내보이는가, 즉 프레젠테이션 관련된 부분뿐이다.

러시아 형식주의 이론가 토마셰프스키(Boris Viktorovich Tomashevskii, 1890~1957)라는 사람은 이야기의 현실적 인과관계와 독자에게 보여지는 줄거리를 구분하여 전자는 파불라(fabula), 후자는 슈제트(siuzhet)라고 했다. 예를 들면 범죄수사물 말이다. 현실적인 인과관계는 A가 B와 알게 된다 → A가 B에게 원한을 품는다 → A가 B를 살해한다 → A가 B의 시신을 숨긴다 → 이웃사람이 B의 시신을 발견한다 → 경찰에 신고 → 수사 → 과학수사대가 등장하여 최신기술로 촤촤촤 → 범인 검거! 이렇게 될 것이다. A라는 사람이 B라는 사람하고 완전히 모르는 사이이면 원한을 품을 수도 없고, 존재하는지조차 모르는 사람을 찾아가서 살해할 수도 없다. 그러니까 서로 알게 됐기 때문에 원한을 품고, 원한을 품었으니까 살해했고, 살해했으니까 시신을 유기했고, 시신이 유기되었으니까 다른 사람에게 발견됐고, 시신이 발견됐으니까 경찰에 신고가 들어가고 수사가 시작된다. 이것이 파불라이다.

그러나 대부분의 수사물은 시신이 발견되거나 경찰에 신고가 들어간 시점부터 독자/관객에게 보여준다. 그리고 경찰이 수사를 하면서 A가 B를 알게 된 정황이나 살해를 결심한 범행 동기 등이 차츰차츰 드러나게 된다. 즉 현실의 인과관계와는 전혀 다른 순서로 독자/관객에게 줄거리가 제시된다. 이것이 슈제트이다.

파불라나 슈제트라는 러시아어 단어는 별로 안 중요한데 시간 순서와 인과관계에 따른 사건의 현실적 순서와 독자/관객에게 보여주는 방식은 전혀 별개의 개념이라는 사실은 중요하다. 글 쓰는 입장에서는 시간 순서와 인과관계에 따른 현실적 사건 순서가 작가의 설정 쪽에 가깝다. 독자에게 그 설정을 보여주거나 설명하는 방식은 작품의 구성 쪽에 가깝다. 설정과 구성은 전혀 다르고, 설정과 구성 사이에서 작가는 아주 많은 시도를 할 수 있다.

내가 소설에서 전달하고 싶은 '메시지'는(… 없지만) 삶이 고통스럽고 슬프고 외롭고 쓸쓸하고 불합리하고 황당하다는 사실을 내가 안다는 것이다. 당신의 삶이 그러하다는 사실을 내가 이해한다는 것이다. 그 얘기를 나는 여러 가지

(대체로 비현실적인) 방법으로 되풀이하고 있을 뿐이다. 언젠가는 밑천이 다 떨어질지도 모른다. 그러나 그날까지 나는 여러 가지 방법으로 얘기해야겠다. 당신의 쓸쓸함을, 산다는 것의 무서움을 내가 안다고.

알려고 하지 않는 놈들에게는 알려줘야겠다고.

산다는 것의 무서움을 알려고 하지 않는 놈들 중에는 사기꾼 부류가 있으며 세상은 넓고 사기꾼은 아주 많다. 글 쓰는 일을 본캐든 부캐든 업으로 삼으려는 분들은 문화체육관광부가 공표한 출판계 표준계약서 10종을 찾아보시면 좋겠다. 2021년 2월 22일에 문화체육관광부 자료실에 게시되었으며 「문화체육관광부 법령자료 표준계약서」로 검색하면 어느 검색엔진에서든 쉽게 찾을 수 있다. 전문 52쪽의 장대한 계약서인데 계약서 하나가 52쪽이 아니고 총 10종이다. 종이책 출판계약서부터 오디오북 따로, 전자책 따로, 지적재산권 양도계약서 따로, 이런 식으로 저작물에 대한 재산적 권리를 거래할 때 필요한 모든 조건들이 분야별로 세세히 정리되어 있다. 이 문화체육관광부 표준계약서의 가장 훌륭한 점은 계약서에 사용되는 용어를 계약서 초입에 조항별로 정리해 두었다는 점이다. 예를 들어 "계약 해지"와 "계약 해제"의 차이점, 배포가 뭐고 전송이 뭔지, 부차권이 뭘 말하는 건지, 이런 용어들을 계약서마다 1~2쪽에 걸쳐 차근차근 해설하였다. 이 용어들만 찬찬히 읽고 공부해도 계약서 작성에서 크게 낭패 보는 상황은 피할 수 있다.

특히 부차권과 2차 저작물에 대한 권리는 아주아주 중요하다. 내 친구가 자기 팟캐스트에서 내 작품 일부를 낭독하고 싶어 한다고 치자. 어디까지 허락할 수 있는가? 저작권자인 나만 허락하면 되나 아니면 출판사 허락도 받아야 하는가? 내 작품이 번역되어 해외로 수출된다면 저작권자로서 내가 가질 수 있는 권리는 어디까지인가? 작품이 해외로 수출되어 라디오 방송으로 만들어진다면 얼마만큼 지분을 주장할 수 있는가? 오디오북 파일 일부를 홍보용으로 사용하고 싶다면 출판사와 오디오북 제작업체와 오디오북을 실제로 읽어주신 성우 선생님 중 누구의 허락을 받아야 하는가? 책은 나 혼자 만드는 것이 아니고, 함께 작품을 세상에 내놓는 작업을 하는 분들의 권리를 침해하지 않으면서 나의 권리도 침해당하지 않으려면 계약서를 잘 알아야 한다. 문화체육관광부 표준계약서는 그런 의미에서 앞에 체호프가 말한 「초보 작가들을 위한 규범」의 좀더 현대적이고 실무적인 버전이 될 수 있다.

그리고 글 쓰시는 분들은 다들, 자신이 쓰고 싶은 이야기를 쓰시면 좋겠다. "글 쓰는 사람의 길은 시작부터 끝까지 가시와 못과 쐐기풀로 덮여 있으며, 이 때문에 사고방식이 건강한 사람은 무슨 수를 써서든 문필업을 피해야만 한다"라고 안톤 체호프 선생이 말했다. 그러나 정말로 하고 싶은 이야기, 세상에 나만 내놓을 수 있는 이야기를 가진 사람은 아무도 막지 못한다. "작가가 되겠다는 열망은 불치병이다." 나는 '작가가 된다'보다도 '이야기를 들려주겠다'는 열망이 불치병이라고 생각한다. 그것은 인간 존재의 가장 밑바닥에서 솟아나오는 의사소통의 열망, 사회적 관계의 열망과 닿아 있기 때문이다.

만족스러운 이야기를 만들어본 사람은 모두 알고 있겠지만 이야기를 들려주려는 열망은 세상에서 가장 즐거운 불치병이기도 하다. 계속 이야기를 만드시는 분들의 앞길에 가시와 못과 쐐기풀이 조금은 덜 덮여 있기를 바라며, 자신의 이야기를 믿고, 자기 자신을 믿고 굳건히 그 길을 가시기를 소망한다.

투쟁.

전민식

제8회 세계문학상 수상.

『개를 산책시키는 남자』, 『불의 기억』, 『해정』, 『9일의 묘』,

『강치』, 『우리는 오피스텔에 산다』 등

여러 편의 장편을 냈습니다.

파주에서 먹고살고 글쓰고 있습니다.

중간쯤에서
보낸
한 철

'오늘까지만 있어 줘. 급여는 수목장 정리되면 한목에 줄게.'

폰 화면에 올라온 문자를 지운다.

숨을 고르고 바다를 갈라놓은 길을 지나간다. 매일 저물녘 지나가던 8킬로미터쯤 되는 방조제 길. 해는 서편의 수평선 위에 걸려 출렁거린다. 방조제를 가운데 둔 오른편의 저수지에서 왼편의 바다로 한 무리의 갈매기가 둑을 넘어 날아간다. 오른편의 물은 갇혀 있고 왼편의 물은 열려 있다. 사람들은 모르지만 갈매기들은 죽어가는 물과 아직은 살아 있는 물을 구분할 줄 안다. 갈매기들은 바다의 일에 무관심할 수 없으니. 갈매기들은 둑의 한 지점을 중심에 두고 하강했다 날아오르기를 반복하며 둑 위를 뱅뱅 돈다. 물고기의 죽은 몸뚱이나 사람이 버린 새우깡 같은 것들을 발견한 모양이다. 뒤의 차가 한 차례 경적을 울린다. 나는 살짝 엑셀을 밟는다. 하지만 얼마 나가지 못하고 멈춘다. 앞차도 멈추고 뒤의 차도 멈춘다. 길은 외길, 주말 저물녘이면 방조제 길은 길고 긴 잼이 된다. 거치대에 걸어둔 폰에 긴급 문자 하나가 뜬다.

'공마루 씨를 찾습니다. 남성, 마른 편, 175cm, 50세, 남색 폴라 반팔 셔츠에 베이지색 면바지, 검정색 크록스 슬리퍼를 신고 있음, 했던 말을 또 반복하는 특징이 있음…….'

문득 아버지의 얼굴이 떠오른다. 아버지는 50세가 되던 해 가볍게 가방 하나 챙겨 들고 나간 뒤 지금까지 소식이 없다. 그가 보고 싶거나 그립지는 않다. 지금 다시 만난다면 굉장히 어색할 것 같다. 찾아오기나 할까? 만나도 같이 살 순 없겠지. 지금 일흔쯤 됐겠네. 부질없는 생각들이라 그런지 시간이 지나자 조금씩 옅어진다. 나는 창밖으로 눈길을 준다.

바다 쪽은 파도가 높고 저수지 쪽은 잔잔하다. 저수지에 고인 노을은 고요하지만 바다의 노을은 요동친다. 방조제 둑 위로 낚싯대를 어깨에 멘 사람들이 지나간다. 갈매기

몇 마리가 낚시꾼들의 위를 선회한다.

산다는 건 원래 단순한 거야. 애초에 누구에게 의지하거나 의지처가 필요하진 않았어. 난 내가 할 수 있는 걸 열심히 하면 되는 거야. 그러다 보면 언젠가는……. 나는 단순하게 사는 게 좋다. 돈은 좀 벌지 못하더라도 좋아하는 일 하고, 돈을 벌더라도 좋아하는 일을 하기 위해 버는 거다. 산다는 걸 그렇게 정해놓으면 편하다. 그녀에게 그런 말을 마지막으로 했던 것 같다. 사람이 왜 그렇게 단순해? 세상이 얼마나 복잡한데. 뭐가 좀 아니다 싶으면 살아온 걸 뒤돌아보고 다른 길도 모색해 보고 해야 할 거 아냐. 독기 좀 갖고 살아보란 말이야, 라고 악을 썼다. 그 말을 끝으로 그녀도 짐을 싸서 집을 나갔다. 아버지가 그랬던 것처럼.

일찍 불을 밝힌 가로등이 허공에 떠 있다. 담배 한 대 피우려고 차창을 열었는데 짠내 먹은 바람이 밀려들어 온다. 바람이 따뜻할 때 이 길을 다녔는데 이젠 차갑다. 반년 동안 무수히 다닌 길인데 오늘의 바람과 빛은 어제의 것들이 아니었다.

먼 바다의 섬에서 만들어진 전기를 도시로 보내는 서른 개 남짓한 철탑 곁을 지나고 철탑과 철탑을 이은 고압선을 따라 달린다. 방조제 길 초입에 박힌 세 대의 풍력발전기 날개는 오늘도 느리게 팔을 돌린다. 날개의 긴 그림자가 길을 핥고 지나가면 잠깐 그 빈 자리를 노을이 채운다. 그림자와 노을, 그림자 노을…… 끝없이 반복된다. 그녀는 풍력발전기를 보면 늘보가 떠오른다고 했다. 느리게 돌아가는 날개가 그런 상상력을 이끌어낸 것이겠지만 뭐 그럴 수도 있다. 그녀가 나무 늘보를 떠올렸든 치타를 떠올렸든 이제 크게 애쓸 필요 없다. 지난 시간들 속에 박힌 기억들에 대해 같이 이야기하고 나눌 사람이 아니니.

　나는 차창 밖으로 담배꽁초를 내던지고 주파수 93.1Hz 의 방송을 튼다. '세상의 모든 음악'을 들려주는 방송이다. 93.1에서 93.9로, 다시 93.1로 갔다가 93.9를 지나 종착역은 93.1이다. 그러면 해가 있는 낮 시간은 모두 흘러간다. 라디오에서는 이름 들어 본 적이 없는 스페인 가수의 노래가 흘러나온다. 나는 음만 감상하며 룸미러로 뒤를 힐끔거린다. 섬 아닌 섬에서 도시로 퇴근하는 차들이 룸미러에 가득 잡힌다. 그들의 차창에 노을이 가득 차 사람은 보이지 않고 유리창만 둥둥 떠서 내 차를 따라오고 있다. 차들이 서행을 한다. 낚싯대를 들고 방조제 위를 걷는 낚시꾼들이 하나둘 방조제 아래로 사라지기도 하고 몇이 둑 위로 불쑥불쑥 올라오기도 한다. 숭어라도 한 마리 잡았을까, 그런 생각을 맥없이 하다 엑셀을 밟는다. 차의 움직임이 다시 빨라진다. 이 길을 다시 올 일은 없겠지. 마지막 퇴근이다.

뭍에서 섬으로 섬에서 뭍으로, 단순한 이 길을 반년 동안 오갔다. 방조제 건너 뭍에 숙소가 있고 섬에 직장이 있었다. 직원이라야 평소엔 둘뿐인 일터다. 방조제에서 벗어나 5분 남짓 섬 안쪽으로 달리면 도로가 좁아지기 시작하는 곳에 수목장이 나타난다. 수목장까지 가는 길 주변은 온통 바지락 칼국수 식당이다.

칼국수 식당 대열이 끝나는 곳에 철물점과 커피전문점이 수목장으로 들어가는 관문을 지키는 장승처럼 서 있다. 그곳을 지나면 길이 좁아지면서 섬의 산길이 드러난다. 굽이진 도로를 돌다 보면 길이 낮아질 때마다 바다가 희뜩희뜩 나타난다. 길이 크게 굽이를 틀기 전 수목장이 보인다.

그러니까, 난 수목장에서 일한다. 내 직업을 딱히 부를 말이 마땅치 않은데, 산꾼이라 부르기도 이상하고 염꾼은 더더욱 아니며 장례지도사도 아니다. 굳이 붙이자면 유골 안치사 정도? 수목장으로 들어오기 전에 보았던 진수는 내 설명을 듣고 진저리를 쳤다. 왜 자꾸 중심에서 도망만 가느냐고 물었다. 어디가 중심이냐곤 묻지 않았다. 나 대신 엄마 자주 찾아가 달라고 부탁했다. 어쩜 아버지라는 인간하고 다른 게 하나도 없냐! 길 위에 멈춰서 있다 보니 지나가 버린 부질없는 생각들과 말들이 새록새록 떠오른다.

서른 대 남짓 차를 주차시킬 수 있는 주차장에 차를 대고 일주문을 지나면 그리 크지 않은 당우 몇 채가 'ㄷ'자로 주저앉은 마당이 보인다. 당우들 중 명부전은 구릉을 등지고 있다. 구릉의 정상에 오르면 산기슭에 2천 그루쯤 허리 높이의 반송이 흘러내리듯 바다를 향해 달리고 있다. 구릉 정상의 왼편에 사무실이 있으며 오른편에 창고가 나타난다. 창고에는 잔디깎이, 제초기, 농약분무기, 삽 십여 자루, 전지가위 열 개 남짓, 손삽, 망치와 펜치 같은 공구들 그리고 농약. 이 물건들과 나는 이곳에서 세 계절을 보냈다.

시속 30km쯤으로 속도를 내서 달리던 차가 방조제 중간쯤에서 멈추었다. 섬 안으로 들어가는 차들은 달리던 속도를 줄이지 않고 달린다. 그들의 속도가 부럽지 않다. 어차피 가는 길이 다르니. 창문을 열고 먼 하늘을 보니 방조제 초입 부근에서 검은 연기가 피어오른다. 사람들의 고함이 이곳까지 들린다. 무슨 일이 벌어진 것인지 알 순 없지만 검은 연기를 만들어낸 문제가 해결되기 전에는 이 길을 빠져나갈 수 없다. 이 방조제는 되돌아갈 수 있는 임시 도로가 없다. 무조건 앞으로만 나가야 한다.

운전하던 사람들 몇이 차에서 내린다. 나도 변속기를 주차에 걸어놓고 차에서 내린다. 방조제 초입을 보니 머리를 풀고 하늘로 오르는 연기는 더 검고 굵어졌다. 접촉사고 뒤에 화재까지 난 모양이라고 누군가 혼잣말을 지껄인다. 출발점이자 도착점에 세워진 화재의 원인이 처리되기 전에는 방조제 길은 풀리지 않는다. 가끔 이 길에 이런 일이 터진 걸 경험해 봤는데, 주말인 데다 사고까지 겹치는 경우 빠져 나가는 데에 세 시간 이상은 걸린다.

나는 차 안으로 들어와 시동을 끈다. 운전석을 뒤로 밀고 등받이를 약간 젖힌 후 앉는다. 시간은 흐르지만 눈에 보이는 것들은 멈췄다. 적어도 이 길 위의 모든 건 멈췄다. 갈매기들만 저수지와 바다를 오가며 울고 날갯짓한다. 멀리 봉화 같은 연기가 피어오르고 갈매기들은 무심하게 저수지와 바다를 오간다. 둑 위는 연기를 구경하는 사람들과 낚시꾼들로 빈 곳이 없다. 해는 수평선 아래로 반쯤 떨어졌고 자동차 안은 바버(Samuel Barber)의 음악이 흐른다. 약간 한기가 느껴졌지만 창문을 열고 다시 담배를 꺼내 물었다. 운전자들 몇도 담배를 피우기 시작했고 몇몇이 더 둑으로 올라가 목을 길게 내빼고 방조제 초입을 살핀다. 수평선에서 달려온 노을이 길 위의 모든 걸 점령해 버린다. 붉고 노랗고 거무튀튀한 색이 사방을 채우기 시작한다. 수목장을 그만두는 날의 피날레로 나쁘지 않다. 그런 생각이 든다.

진수한테 우연히 소식 들었어. 어쩌면 반년 동안 문자 한 번을 안 보내냐? 진수한테도 연락 안 한다며? 돈 못 벌어도 글이나 찌끄리며 단순하게 살겠다며?

세상의 중심으로 들어가겠다던 그녀의 문자였다. 그녀는 여전하다. 제 질문만 쏟아붓고는 뒤의 말이 없다. 나는 그녀의 문자를 한참 들여다봤다. 뭐하며 산 거야? 세상의 한가운데에서 더 멀어지고 싶었던 거야? 그녀의 문자는 그런 질문 같다.

출근하면 회색 개량 한복으로 갈아입고 300살이 넘었다는 느티나무 아래 앉아 하루를 시작한다. 이곳에도 한낮이 있고 한밤이 있으며 마당을 오가는 보살들이 있지만 하루 종일 마당의 고요가 떠나거나 흩어지지 않는다. 느티나무는 너무 늙어서 늘어진 가지가 사무실 지붕을 덮었다. 가지 몇 개는 힘에 겨운지 지붕 위에 제 팔을 내려놓고 바람이 불면 숨을 고른다.

봄에 수목장에 처음 발을 들여놓았을 땐 여느 장례식장

들처럼 북적거릴 거라 짐작했는데 방문객이 아예 없는 날
도 여러 날이었다. 어쩌다 스님의 독경 소리가 들리기도 하
는데 그 소리는 오히려 더 적막한 사정을 명확하게 확인해
주기만 했다.

직원 한 명이 더 있지만 그는 수목장의 나무와 잔디를
관리하는 조경사다. 그의 얼굴을 보는 건 점심밥을 먹을 땐
데 그마저도 저 혼자 나무들 사이에 앉아 도시락을 먹는 통
에 얼굴을 못 보는 날이 더 많다. 그는 하루 종일 반송을 다
듬고 제초를 하고 잔디를 깎고 약을 친다.

나는 사무실을 지킨다. 어쩌다 뜸하게 걸려 오는 전화
를 받고 나무 아래 골분을 묻는 과정을 설명한다. 가격을
묻고 얼마나 오래 묻혀 있을 수 있는지를 묻고 기한이 지나
면 나무들을 가져갈 수 있는지도 묻는다. 가격은 비쌌고 30
년 묻혀 있을 수 있으며 나무는 임대해 주는 것이고 30년
뒤엔 임대 권한도 사라진다고 답해준다. 아무런 대꾸 없이
전화를 끊는 사람들이 있고 의례적으로 감사의 인사를 전
하는 사람도 있다.

나는 반년 동안 꼭 예순두 명의 골분을 안치했다. 좀 섬
뜩할 뿐 거친 일은 아니다. 운구 버스가 들어오면 유족을
맞이하고 그들을 수목장까지 안내한다. 그들이 2천 그루의

나무들 사이사이를 헤집고 다닐 때 한 나무를 고를 수 있도록 설명해 준다. 대개 수목장을 찾아온 이들이 가장 많은 시간을 소비하는 건 나무를 고를 때이다. 생김새가 거의 비슷한데도 그들은 자신들이 선택한 나무는 특별하다고 생각한다. 나는 애써 그들의 선택을 부정적으로 말하지 않는다. 잘한 선택이라고 말해준다. 나무가 결정되면 내 노동이 시작된다.

한여름 어느 날 청년의 몸이 왔다. 같이 온 사람들이 유독 많아 기억에 남아 있는 산일이었다. 소나무를 점령한 산까치며 매미들은 줄기차게 울고 유족들은 따개비처럼 평상에 붙어 앉아 안치구[□]를 파는 나를 구경한다. 깊이 한 자, 반경 반 자 넓이로 안치구를 판다. 안치구 안의 바닥과 벽을 다듬고 벽과 바닥을 한지로 두른다. 유족들을 부르면 그들은 삐죽거리며 안치구 주변으로 모여든다. 그들은 관자놀이를 타고 흐르는 땀을 닦지도 않는다. 두 손을 앞으로 모으고 장례의 이 지루한 마지막이 빨리 치러지기를 바라는 눈치다. 나는 작업용 장갑을 벗고 흰 장갑으로 갈아 낀다. 안치구 앞에는 골분을 담은 나무함이 놓여 있다.

유족들이 모두 모이고 두런거리는 소음이 잦아들 때까

지 나는 말없이 그들의 침묵을 기다린다. 매미가 염치없이 울어대는 동안 나무함의 뚜껑을 조용히 연다. 적막한 곳이라 달그락거리는 소리를 감추진 못한다. 나무함에서 골분을 싼 한지를 꺼내 든다. 여러 겹으로 쌓인 한지를 천천히 풀면 희디흰 골분이 나타난다. 골분만 놓고 보면 남자인지 여자인지 어른인지 아이인지 알 수 없다. 정체성의 모든 게 석회라는 물질 하나로 정리되어 버리고 만다.

한지를 푸는 바스락거림이 구덩이 안에 찬다. 사람들은 조용히 침만 삼킨다. 100kg이 넘는 거구라 해도 우리가 손에 쥘 수 있는 그의 흔적은 두 줌에 지나지 않는다.

나는 한지에 쌓인 골분을 안치구 안에 천천히 쏟아붓는다. 수분이 모두 빠진 사람의 뼈는 석회질로 되어 있어서 흙과 섞지 않으면 먼 훗날 돌덩이가 된다. 자연에 맡기는 몸인데 이루지 못한 것들에 대한 한처럼 응어리진 채 돌로 남길 수 없으니 골분에 모래를 섞는다.

화장터가 먼 곳이었다면, 혹은 화장을 어제 이전에 치른 것이라면 골분의 온기도 사라지고 없다. 하지만 수목장에서 가까운 화장터에서 화장을 하고 곧장 수목장에 온 골분이라면 손에 닿았을 때 뜨거울 정도로 온기가 남아 있다.

나는 흰 장갑 낀 손으로 뜨거운 골분과 모래를 골고루

섞는다. 흙은 골분 사이사이에 박히고 골분은 흙의 빛을 먹는다. 구덩이 안으로 해가 꾸역꾸역 밀려들면 희뜩하던 골분의 빛이 조금씩 사람의 살색을 띄기 시작한다. 한없이 가벼워진 그것들의 일부는 먼지보다 가벼운 먼지가 되어 구덩이 주변을 부유한다. 골분의 먼지들은 내 손길에 이러저리 흩어지고 구덩이를 핥은 바람에 실려 어디론가 날아가고 사람들의 숨에 묻히기도 한다. 골분의 먼지 얼마쯤은 들이마실 수밖에 없는데 그것들은 내 숨을 타고 내 안으로도 들어온다.

가끔 구덩이 안쪽 벽에서 기어 나온 지네들이 골분 사이를 뒤지고 다니기도 하고 머리 위에선 산까치 한두 마리가 골분의 주인을 알기라도 한 듯 깍깍거리며 선회를 한다. 바람은 구릉에서 바다 쪽으로 흐르고 소나무들의 머리도 바다로 향하고 구덩이 안을 살피던 사람들의 머리카락과 검은 옷자락도 바다 쪽으로 날린다. 쓸려 내려가던 바람이 잦아들거나 구덩이 부근에 모인 사람들의 한숨이 길어질 즈음 관의 뚜껑을 덮듯 벽에 둘러놓았던 한지로 흙이 된 골분을 덮는다. 잠깐 짧은 탄식이 들린다. 한지 위에 다시 지면의 높이까지 흙을 덮고 땅밟기를 한다. 잘 다져진 구덩이 위에 떼어두었던 잔디를 얹고 이번엔 잔디를 밟는다. 하루라도 빨리 미련 버리고 다음 세상으로 가라고 빈틈없이 꼭꼭 잘 다진다.

골분의 주인이 산 세월이 많으면 눈물이 적고 골분의 주인이 어리면 사람들의 눈물이 많아진다. 더 오래 버티지 못했다는 미련이 눈물을 자꾸 만들어낸다.

남은 자들은 나를 따라 사무실로 향한다. 그들에게 이 땅 어느 나무 아래 당신의 누군가가 묻히게 되었다는 사실을 기록으로 남기고, 사인을 하도록 하고, 잔금을 계산하고 돌아가도록 한다. 그들은 수목장을 찾을 때완 달리 맥 빠진 모습으로 길을 나선다. 내가 이들을 유독 기억하는 또 하나의 이유는 골분의 주인이 나와 같은 이름이어서였다.

모두가 떠나면 수목장엔 적막보다 더 쓸쓸한 공백이 찾아든다. 적막은 그나마 적막으로 존재하지만 공백 속엔 적막조차 없다. 텅 비어버린 시간을 견딜 수 없어 한 시간 넘도록 마당을 쓸고 차 들어오는 길을 쓴다. 그래도 무한정 남는 시간을 어쩌지 못해 그동안 모아 두었던 나무함을 소각장으로 들고 가 불을 피운다. 얇고 마른 나무라 나무함이 재로 변하는 데 그리 많은 시간이 걸리지 않는다. 나무는 가벼운 청음을 내며 소각된다.

어쩌다 오랫동안 납골당에 있다가 수목장으로 들어오

는 골분이 있다. 납골당이 망해서, 사용 기한이 다 되어서, 시신을 기증했더니 창고 같은 곳에 처박아두어서, 외국에 머물다 고향으로 돌아온 골분들은 보통 도자기함에 담겨 온다. 그런 함의 뚜껑은 쉽게 열리지 않는다. 몸과 뚜껑이 단단히 물려 톱을 가져다 이음새를 썰어야 할 때도 있다. 뚜껑이 열리면 함의 비명처럼 가벼운 탄성이 함께 터져 나온다.

오랫동안 함에 갇혀 있던 그들은 구덩이 속에서 쉽게 풀어지지 않는다. 부드럽지도 않고 골분의 먼지를 피어올리지도 않는다. 어느 땐 덩어리가 되어 나오는 경우도 있다. 골분은 수분을 먹으면 덩어리가 되니 수분이 드나들지 못하도록 밀폐를 해야 하는데 함에 미세하게 금이 갔거나 뚜껑이 부실해 수분의 침투를 막지 못하는 수도 있다. 수분에는 적막까지 뚫을 힘이 있는 듯하다. 들어오는 그들을 나무 아래 묻고 나면 도자기함만 덩그러니 남는다. 한숨도 없고 눈물도 없다. 같이 오는 사람이 한둘인 경우가 대부분이다. 그들은 골분의 집이 더 이상 필요 없으니 수목장 구석에 버리고 간다. 나는 그것들을 모아 망치로 잘게 부셔서 다시 흙으로 돌려보낸다.

그런저런 일들을 마무리 짓고 사무실 앞 느티나무 아래

로 돌아와 햇빛만 가득한 빈 마당을 하염없이 둘러보고 수목장을 둘러싼 소나무들이 몸 비비는 소리를 듣는다. 아주 가끔 사찰 구경을 오는 사람들도 있지만 대개 조용히 들어왔다가 살며시 빠져나간다.

가끔 유족들을 데리고 오는 장례지도사들이 있는데 그들은 골분을 만지는 나를 무서워한다. 골분을 묻고 일어서서 장갑 낀 손을 털면 장갑의 섬유 사이사이에 박힌 골분들이 희게 날린다. 유족들도 그렇고 장례지도사들도 내게서 한 발씩 뒤로 물러선다. 장갑을 뚫고 들어온 골분 가루들은 내 손금에 박히고 손등의 숨구멍으로도 파고 든다. 손등의 가는 주름과 손톱 속에도 박힌다. 내 손을 보고 사람들은 진저리를 친다.

누군가 떠나고 누군가는 남는다. 결국 모두 떠날 것이니 남지 못한 일들에 대한 미련 같은 건 없다. 사람의 몸이라는 게 땅 위의 물질들로 이루어진 것이니 크게 두려워할 일이 아니라고 말해준다. 다른 게 있다면 골분에는 말로는 형언할 수 없는 비애가 스며 있다. 골분에는 그가 살았던 세월의 모든 기억이 담겨 있고 모든 인연과 추억과 서러움도 들어 있다. 골분을 만질 때 손끝이 절절한데 기이하게도 그들이 살아온 내력 같은 게 느껴진다.

꼭 한번 골분을 묻으며 눈물을 흘린 일이 있다. 일곱 살 남짓 되는 아이의 골분이었다. 화장을 하니 한 주먹 정도밖에 되지 않았다. 하필이면 구덩이를 너무 깊이 팠고 그날은 비까지 내렸다. 비가 오면 15인용 텐트를 미리 쳐두는데 텐트를 치면서 옷은 이미 흠뻑 젖어 버린 뒤였다. 골분을 묻을 때에도 구릉의 정상에서 바다를 향해 쓸려 내려가는 빗물에 하반신은 모두 젖어버리고 말았다. 아이의 골분을 붓는데 구덩이 안으로 자꾸 물이 스며 골분이 흘러나오자 아이의 부모는 서럽게 울었다. 흙과 골분을 섞고 마무리를 지으려는데 장갑에 묻은 골분이 털어지지 않았다. 부모는 아이가 세상에 남은 미련이 많아 떠나지 않으려 한다며 더 서럽게 울었다. 내 손에 묻은 골분은 한때는 아이의 손이었거나 발이었을 수도 있고 심장이나 눈이었을지도 모른다. 아무리 털어도 털어지지 않아 나는 슬그머니 장갑을 벗어 바지주머니에 넣는다. 내 얼굴은 비와 땀과 소년의 미련에 젖는다. 살아볼 만큼 산 내력이 있는 사람들의 미련이 더 큰 법인데 산 세월이 수년에 불과한 아이가 무슨 미련이 남아 있을까. 천막을 벗어나 비를 온 몸으로 맞으며 휘적휘적 사무실을 향해 걸었다. 미련 많은 이들을 만날 때마다 우리가 버리지 못한 모순들을 떠올린다. 아무래도 우리들은 세상에 잘못 온 것이다.

차들이 조금씩 앞으로 나간다. 굵고 힘차게 하늘로 올라가던 연기도 가늘어진다. 먼 하늘부터 어둑해지면서 이내 속으로 사라진 연기들은 보이지 않는다. 시동을 걸고 사이드브레이크를 푼 후 변속기를 출발에 맞춘다. 전화벨이 울린다. 슬쩍 쳐다보니 그녀다. 두 달에 한 번쯤 전화가 걸려왔지만 받지 않았다. 더 이어질 인연이라 생각하지 않았는데 어쩌면 오늘이 지나면 더 이어질 것도 같다. 통화 버튼을 누르지 않자 이어서 톡이 온다.

너 그런 사람 아니잖아……. 수목장인가 어디 있다며……. 왜 그런 델……. 진수한테서 연락 없었지? 어제 딸 출산했어. 너한텐 연락 안 하고 나한테 연락했더라. 너도 참, 동생이라고 하나 있는데. 그리고……. 요양병원에서 전화 왔대. 어머니 돌아가셨다고. 웬만하면 전화 안 하려고 했는데 진수 와이프가 출산하면서 좀 위독했나 봐. 아무래도 곁에 좀 있어야겠다며 나 보고 먼저 가줄 수 있겠냐고. 그래서 어쩔 수 없이 전화했어. 요양원 주소 찍어줄게. 거기서 봐. 코로나 때문에 요양원에는 한 사람만 들어갈 수 있대. 톡 확인되면 전화해.

차는 가다 서다 했다. 서편의 노을을 품은 이내가 어둔 차 안으로 서서히 스며든다. 그렇게 흘러간 시간들이, 말들이, 관계와 서러움들이 문자가 되어 내 가슴으로도 밀려든다.

이 길을 건너면 나의 일과 모순과 아이러니를 발견한 찰나의 순간들도 모두 잊히겠지. 잊히기 전에 기억하고 메모해서 남기려 한다. 기록으로 남기는 그 행위가 곧 나의 실존이기에.

* 이 글은 작가의 경험을 바탕으로 재구성된 오토픽션입니다.

조영주

2011년 제6회 디지털작가상을 수상한 이후 카카오페이지, 예스24 등의 웹소설 공모전은 물론 김승옥문학상 신인상, 세계문학상 등을 연달아 수상하며 추리소설가로 입지를 다졌다. 2019년 에세이 『좋아하는 게 너무 많아도 좋아』를 시작으로 다양한 장르의 글을 쓰기 시작했다. 동시에 국내외를 넘나드는 앤솔러지를 기획하며 크리에이터로 영역을 넓혀가는 중이다.

최저 시급으로
산다는 것

돈이 없으면 사람은 우울해진다. 말수가 줄어들고 주변 사람들과 연락을 하는 게 싫어진다. 주변의 다른 사람들은 죄다 소속이 있는데 나 혼자 백수면 더욱 그렇다.

20년 전의 내가 딱 그랬다.

2002년 겨울, 대학을 졸업한 해에 내가 쓴 대본이 텔레비전에 크리스마스 특집극으로 방영되면서 입봉했다. 어린 나이에 쉽게 데뷔를 했으니 당연히 다음 것도 금세 영상화될 거라고 여겼다. 하지만 생각만큼 쉽게 일이 진행되지 않았다. 계약을 하고 엎어지기만 몇 년간 반복됐다.

마음이 갑갑하니 자꾸 혼자 동네를 배회했다. 그러다가 우연히 한 카페 앞에 있던 생과일주스 2천 원이라는 입간판을 보고는 무엇에 홀린 듯 들어갔다. 딸기바나나 주스가 뭔지도 모른 채 세 잔을 주문해서는 집에 가져와 단숨에 다 마셔버렸다. 딱히 갈증이 난 상태는 아니었는데 뭐에 그렇게 허기가 졌을까. 세 잔을 샀다고 준 쿠폰을 들여다봤다. 열 잔을 마시면 무료라고 적혀 있기에 이거나 한번 다 채워볼까 생각했다.

이후 매일 그 카페에 갔다. 하루에 한 잔씩 매번 다른 메뉴를 골라 시켜 먹었다. 그렇게 열 잔을 채운 후 무료 음료를 받으러 갔더니 카페 사장이 내게 뭐하는 사람이냐고 물었다.

안 그래도 요즘 나도 그게 궁금했다. 얼마 전까지는 시나리오 작가라고 당당하게 말할 수 있었다. 하지만 하던 작업이 또 엎어져 집에서 놀고 있자니 그냥 백수 같았다. 그렇다고 백수라고 말하는 건 자존심이 상했다.

사장은 내게 '학생이냐'고 물었다. 나는 대답하지 않았다. 그랬더니 내가 대답할 수 있는 질문이 돌아왔다. 전화번호를 달라는 말이었다. 순순히 줬다. 카페 사장 친구를 하나 둬도 괜찮을 것 같았다.

이후 가끔 카페 사장에게 전화나 문자를 받았다. 뭐하고 있냐. 와서 놀다 가라. 그럼 나는 또 별 생각 없이 나갔다. 그런 일이 반복되다 보니 이 카페에서 일하면 좋겠다는 생각이 들었다. 하지만 동시에 겁이 났다. 지금까지 나는 글을 쓰는 것 외에 돈을 벌어본 적이 없었다.

결국 나는 카페에서 일하고 싶다고 말하는 대신 다시 한 번 글을 써보기로 마음먹었다. 마침 집 주변을 배회하다가 써보고 싶은 소재를 발견한 참이었다. 동네에 역사와 전통을 자랑하는 빵집이 한 곳 있었다. 무려 일제강점기 시절부터 있었다는 빵집에 취직하면 좋은 이야깃거리를 잔뜩 찾을 수 있을 것 같았다.

문제는 첫 단추부터 잘못 끼워졌다는 사실이다. 사장은 나를 보자마자 위 아래로 쓱 훑더니 "카페!"라고 말했다. 빵집 안에 있는 카페에서 일하라고 한 것이다.

빵집 안 카페는 지금 어디서나 볼 수 있는 에스프레소 머신을 사용하는 게 아닌 옛날 다방식이었다. 주방에는 인스턴트 커피와 녹차, 둥굴레차 티백은 물론 쌍화탕까지 준비되어 있었다. 워낙 오래된 곳이다 보니 카페 손님 대부분이 노인 고객이라 그런 것 같았다.

처음 일하기 시작했을 때엔 내가 여기서 뭘 하고 있나

자주 생각했다. 하지만 그것도 적응이 되니 괜찮았다. 가끔 손님이 없는 시간이면 넓은 테이블에 모든 직원이 모였다. 다 함께 앉아 카스테라 박스를 접거나 새로 나온 빵을 맛보다 보면 자연스레 이런저런 이야기를 들을 수 있었다.

빵집을 그만둔 후 그곳에서 보고 듣고 경험한 것을 바탕으로 한 편의 대본을 썼다. 이 대본은 좋은 평가를 얻지 못했다. 하지만 빵집 카페에서 일한 경험은 다른 쪽으로 용기를 줬다. 나는 카페를 다시 찾아가 말했다.

"이곳에서 일하고 싶어요."

그렇게 바리스타가 됐다.

처음 일을 시작했을 때엔, 카페에서 비교적 한가한 시간인 저녁 6시부터 10시까지 일하며 기본적인 걸 배웠다. 에스프레소 머신을 다루는 법이나 전표를 쓰는 법, 매장을 열고 닫는 순서 등. 워낙 겁이 많은 성격이다 보니 계속 내가 잘 할 수 있을까 의심했다. 특히 머신을 다루는 게 무서웠다. 어렸을 때부터 뭐든 잘 망가뜨리는 마이너스의 손인 탓이었다.

막상 시작하니 어떻게든 됐다. 사장이 만드는 걸 볼 때엔 그저 요술처럼만 보였던 커피 내리는 일도, 적당한 양의 원

두를 갈아 철제 드리퍼에 담고 템퍼로 적당한 힘을 가해 가다듬는 것도 아무렇지 않게 뚝딱 해낼 수 있게 되었다.

이렇게 쉽게 해내도 되는 걸까 의심이 들 정도로 익숙해질 즈음, 일하는 시간이 바뀌었다. 오전 11시 30분에 출근해 밤 10시에 퇴근하는 정식 바리스타가 되었다. 최저 시급이었지만 만족했다. 글이 잘 써지면 떠날 곳이라고 생각했으니까.

이 카페는 점심시간이면 근처 회사원들이 일렬로 줄을 섰다. 당시엔 포스기도 없었기에 주문을 받을 때면 일일이 손으로 적었다. 전표는 매일같이 쏟아지는 일수 메모지를 모아서 적당히 크기로 잘라 썼다. 그렇게 만든 전표에 주문 들어온 음료의 이름과 개수 등을 적어 넘기면, 사장은 그걸 보고 빠른 속도로 음료를 만들었다.

딸기바나나 주스는 사먹을 때는 좋았는데 직접 만들려고 보니 상당히 짜증나는 작업이었다. 음료를 제조하는 건 별 문제가 없었다. 문제는 음료의 재료, 딸기를 손질하는 일이었다.

이른 봄, 딸기가 저렴한 가격에 나오기 시작하면 신음소리가 나올 만큼 많은 딸기를 다듬었다. 심할 때엔 하루에 10박스를 일일이 꼭지를 따고 그걸 물로 헹궜다. 손님은 기다리는데 손질한 딸기가 없을 때면 주문을 받은 후 후다닥 달려가 바로 딸기꼭지를 따는 해프닝도 몇 번이고 일어났다.

그렇게 글쓰기에서 멀어지고 있었다. 하지만 이게 기분이 꽤 괜찮았다. 늘 머리 쓰는 일만 하고, 어떻게든 글을 써서 돈을 벌어야 하는 생활을 반복해 왔다. 카페 일은 머리를 쓰지 않아도 됐다. 그저 시간을 보내면 그만큼 돈을 벌 수 있었다. 반드시 성과를 내지 않아도 되는 일은 나를 안정시켰다. 언젠가부터는 그런 생각도 했다. 내 카페를 내도 좋겠다. 카페에서 일하면서 남는 시간에 글을 써도 되지 않을까.

저절로 다시 손가락이 근질거렸다. 책도 읽고 싶어졌다. 그러다가 우연히 미야베 미유키의 추리소설 『이유』를 봤다. 이 소설을 읽고 깨달았다. 내가 써야 할 것이 추리소설이란 사실을.

이후 시나리오 쓰기를 관뒀다. 아는 PD나 감독에게 연락이 오면 당당하게 "전 이제 추리소설 쓸 건데요" 같은 소리를 했다. 그때마다 다들 같은 반응을 보였다. "그걸로 돈을 어떻게 벌어." 그럼 나는 이렇게 대답을 해줬다. "지금도 글써서 돈 못 버는데요, 뭐." 이 말을 들은 상대방은 대부분 낄낄거리며 건투를 빌어줬다.

소설을 쓰기로 마음먹자 더욱 카페 일이 좋아졌다. 시나리오로 쉽게 입봉했으니 소설도 그렇게 어렵지 않을 것 같았다.

최근 《인투 더 와일드》라는 영화를 봤다. 이 영화는 대학을 졸업한 크리스토퍼가 갑작스레 자신의 전 재산을 모두 국제빈민구호단체에 기부한 후, 가족과 연락을 두절하고 세상을 떠도는 이야기를 그린다.

나는 어렸을 때 크리스토퍼 같은 삶을 꿈꿨다. 떠도는 삶. 되는대로 쓰고, 그렇게 쓴 글이 잘 되면 조금 또 잘 살아 보고, 안 되면 다시 떠나고. 그러다 대충 노숙자가 되어 죽는 걸 꿈꿨다.

이런 생각을 처음 한 건 대학생 때다. 고등학생 때 가세가 심하게 기울었다. 빚쟁이가 찾아오는 일도 있었다. 그러다 결국 야반도주와 비슷한 일을 겪었다. 뭔가 지긋지긋해졌다. 어딘가 정착하면 빚쟁이들이 찾아올 것만 같았다. 대학을 졸업할 무렵 이런 기분이 극에 달했다. 정말 내가 어딘가에 몸을 담고 정상적으로 살아도 될까 하는 의문이 늘 머릿속에 있었다.

카페에서 일하기 시작했을 때에는 이런 의문이 많이 사라진 상태였다. 이곳은 내가 있어도 될 장소 같았다. 그저 시간을 보내는 것만으로 돈이 들어오는 상황은 나를 안정시켰다. 그런데 헛소동이 일어났다.

내가 없는 사이 아버지가 카페에 와서 사장에게 돈을 빌려갔다. 오랜 시간 빚쟁이에 대한 공포에 시달린 탓이었을까, 나는 그 이야기를 듣는 것만으로 겁을 먹었다. 아버지가 돈을 가져가서 갚지 않을 거라고, 그 탓에 안 좋은 일이 생길 거라는 생각에 휩싸여 엉엉 울며 아버지에게 전화를 걸었다. 당장 돈 갖고 오라고 고함을 질렀다. 아버지는 허둥지둥 와서 돈을 갚았다. 사장에게도 아버지가 돈을 빌리러 오면 절대로 빌려주지 말라고 말했다.

다시 아버지가 카페에 찾아와 사장에게 돈을 빌리는 일은 없었다. 하지만 이때의 일 이후, 새삼 지금 느끼는 안정감이 신기루와 같다는 사실을 깨달았다.

현실이 바뀌지 않으면 아무것도 달라지지 않는다. 큰돈을 벌어 스스로 상황을 바꿔야 한다. 역시 내가 해야 할 일은 글쓰기다. 어떻게든 글을 써서 결과를 내야 한다는 생각이 들자 다시 조급함이 들었다. 하지만 내가 글을 써서 큰돈을 버는 일이 정말 가능할까.

어느새 30대였다. 20대 초반에는 무엇을 하든 치기 어린 짓이라고 생각할 수 있었다. 그저 혈기 넘치는 방황이라고 말하면 끝이었다. 30대가 된 나는 달랐다. 친구들은 하나둘 결혼을 했다. 아이를 낳은 친구도 몇이나 있었다. 누구는 자기 사업을 했고, 누구는 텔레비전에 나올 정도로 이름이 알려지기 시작했다. 또 몇몇은 꾸준히 직장을 다녀 승진을 거듭했다.

나만 아무것도 해내지 못했다. 나는 여전히 최저 시급의 카페 바리스타였다. 호기롭게 시작한 추리소설은 결과를 내지 못하고 있었다. 당연히 결혼 같은 건 생각도 할 수 없었다. 관심이 있는 남자가 있어도, 주변에서 소개팅을 하지 않겠느냐고 권유를 거듭 받아도 쉽게 사귈 수 없었다. 익숙해진 카페 일은 매너리즘에 빠졌다. 처음 시작했을 때의 즐거움, 호기심, 몸을 쓴다는 일에 대한 기쁨 같은 것은 없어졌다.

나는 말이 많아졌다. 것도 아주 많이. 현실에 대한 불안감이 깊어지다 보니 침묵을 참을 수 없었다. 같이 일하는 사람이 질릴 정도로 떠들어댔다. 나, 나, 나, 오직 내 이야기만 하는 인간과 있길 좋아하는 사람은 없었다. 동료들은 얼마 지나지 않아 핸드폰만 들여다봤다. 그러면 나도 입을 다물었다. 아무 말도 안 하고 묵묵히 핸드폰만 바라보며 이 상황에서 도망치고 싶다는 생각만 반복했다.

처음 일했던 카페는 이른바 대박집이었다. 하루에 딸

기 열 박스를 다듬어도 부족해서 또 사와야 할 정도였지만, 2011년에 일한 카페는 사정이 달랐다. 주변에 다른 카페들이 몇 개고 생기자 급격히 매상이 떨어졌다. 그러자 예전 매장에서는 상상도 못했던 일이 일어났다. 카페에서 글을 쓸 수 있게 됐다.

이제 주중에는 여유 시간이 생길 때마다 카페에서 노트북으로 글을 썼고, 주말에는 집 근처 카페에 가서 하루 종일 글을 썼다. 그런 일을 반복한 끝에 같은 해 12월에 좋은 소식이 왔다. 장편소설로 공모전에서 수상했다. 마침내 꿈꾸던 데뷔였다.

나는 신이 났다. 상금이 그렇게 크진 않았지만 꿈에 부풀어 좋은 생각만 반복했다. 분명 이 책이 대박이 나서 완벽하게 상황이 역전될 거라고 여겼다. 실제로 책을 내자마자 다른 출판사와 또 장편 계약을 했다. 그렇게 두 편의 장편으로 단번에 천만 원을 벌었다. 이 돈을 믿고 무턱대고 일을 그만뒀다. 집에서 글만 썼다. 이제 세상이 날 인정해 줄 때가 됐다고, 좋은 일만 계속될 거라고 생각했다.

하지만 예상대로 풀리는 것은 아무것도 없었다. 내가 쓴 소설은 연달아 좋은 평가를 받지 못했다. 새로운 계약을 할 수 없었다. 결국 나는 일 년을 채 못 버티고 가진 돈을 모두

탕진한 후 다시 카페에 취직했다.

대신 근무 시간은 주 5일 오후 4시부터 밤 10시, 하루 6시간으로 정했다. 문제는 6시간밖에 일하지 않으니 그만큼 수입이 줄어든다는 사실이었다. 이제는 경력이 있어 최저시급보다 조금 더 많은 돈을 받긴 했지만, 그새 오른 물가 탓에 끽해야 100만 원도 안 되는 돈으로는 집에 생활비를 보탤 수 없었다.

나는 사장에게 솔직하게 털어놓았다. 이걸로는 생활이 불가능하다. 돈을 더 벌어야 한다. 이렇게 말하면 경력이 있으니 시급을 올려주지 않을까 생각했지만, 사장은 말했다.

"넌 평생 시급 육천 원이다."

사장은 세금 때문에 시급을 올려주는 건 곤란하다고 했다. 하지만 따로 20만 원씩 더 주겠다고 말했고, 그걸로도 힘들다면 주말 출근을 생각해 보라고 했다.

나는 알았다, 주말에도 출근하겠다고 말하면서도 머릿속으로는 계속 저 말만 생각했다.

내가 평생 시급 육천 원짜리 인생이라니.

집에 돌아가는 지하철 안에서 조금 울었다. 그러면서 계속 한 가지 생각만 했다. 어서 여기서 떠나자. 소설로 반드시 성공해서 전업작가가 되자.

이후 이를 악물고 글을 썼다. 주 6일 근무에 무리가 와서 허리디스크로 쓰러졌을 때에도, 그로 인해 한 달간 집에서 꼼짝도 못하고 누워 있을 때에도, 누운 채로 노트북을 배 위에 올리고 곧 출간될 앤솔러지의 단편 원고를 교정했다.

그러던 중이었다. 세계문학상 수상 소식을 들은 건.

그 순간 거의 비명을 질렀던 것 같다. 마침내 여기서 탈출하는구나. 드디어 내가 시급 육천 원 인생에서 벗어나는구나, 하고. 2016년, 서른여섯이 된 1월의 일이었다.

상을 타고 나서 현실이 너무 달라졌다. 이제 나는 '여기요'가 아닌 '작가님'이 됐다. 처음에는 이 말이 익숙하지 않아, 사람들이 작가님 하면 쳐다보지도 않았다. 더불어 무서운 건 상금이 줄어드는 속도였다.

평생 이 정도로 많은 돈이 통장에 있어본 적이 없었다. 이 돈이 줄어들면 큰일이 날 것 같다는 생각에 어서 빨리 소설을 더 쓰려고 했지만, 갑작스레 생활이 바뀌어서 그런지 예전처럼 글을 쓸 수 없었다. 바뀐 생활 스타일은 다른 의미로 나를 불안하게 만들었다.

안정감이 필요했다. 내게 있어 안정감은 카페에서 커피를 내리는 단순한 작업에서 찾을 수 있는 것이었다. 그러던 중 지난번 카페 사장에게서 연락이 왔다. 언제 한번 놀러 오라는 이야기였다. 나는 마침 소속감을 간절히 원하고 있었기에 사장이 인수했다는 새 카페를 찾아갔다. 사장은 꼭 좀 도와 달라고 부탁했고, 소속감이 절실했던 나는 거절하지 않고 바로 그러마 했다.

오랜만에 출근한 카페는 즐거웠다. 적당한 시간만 일하고 나머지 시간은 글을 쓰면 된다고 생각했다. 이곳에서 일하는 돈으로 생활비를 하며 글을 쓰면서 남은 상금은 건드리지 않을 셈이었다. 그런데 한 카페 동료에게서 이상한 말을 들었다.

"불만이 있으면 저한테 직접 말을 하세요."

나는 전에도 이 말을 들은 적이 있었다. 지난번 카페에서 일할 때 낮에 근무하는 바리스타들이 가끔 내게 저 말을 했다. 그때엔 그냥 귀찮아서 듣고 흘렸는데 이번엔 뭔가 이상한 기분이 들어 왜 그러냐고 물었다.

동료는 말했다. "영주가 그랬는데"라며 사장이 자신의 잘못된 태도를 지적했다는 것이다. 그뿐만 아니라 사장은 그 동료에게 내가 "많이 안 좋은 애라서 잘 도와줘야 한다"라고 말했단다.

나는 그런 말을 한 적이 없었다. 그런데 사장은 내 핑계를 대며 마음에 안 드는 이야길 했었나 보다. 그런데 대체 왜? 더불어 다른 일도 떠올랐다. 지난번 카페에서 이상한 손님이 와서 얻어맞을 뻔한 일이 있었다. 나는 급히 경찰을 불렀고, 손님은 도망쳤다. 바로 사장에게 전화를 해서 보고했더니 이런 답이 돌아왔다.

"뭐 훔쳐간 거 없어?"

사장은 내가 어디 다친 데 없는지는 묻지 않았다. 하지만 경황이 없어 그것까지 깨닫지 못했다. 나는 경찰차를 타고 근처 지하철까지 갔다. 경찰들에게 고맙다고 몇 번이나 인사한 후 지하철을 타고 덜덜 떨며 한 시간 걸려 집에 돌아갔다.

이제 와 갑자기 그날의 일이 마음에 걸렸다. 그 밖에도 사장이 날 무시했던 여러 말들이 떠올랐다. 예를 들어, 너는 평생 시급 육천 원이야 같은 말.

나는 동료한테 말해줘서 고맙다고 말하고 그날 집에 돌아가며 문자 한 통을 보냈다.

'그만두겠습니다.'

사장이 전화하길 바랐다. 왜 그러느냐고 물으면 내가 들은 것과 생각한 것에 대해 솔직하게 말해줄 생각이었다. 하지만 사장은 전화 대신 문자를 한 통 보냈다. 무슨 일이 있냐. 그게 전부였다.

　내 인생이 미스터리 소설이라면 여기서부터 본격적인 스
토리가 길게 이어질 것 같다. 점 하나 찍고 가서 복수를 한
다거나, 아니면 카페 사장이 물의를 일으켜 티비에 나온다
든가.

　하지만 그런 일은 현실에서는 일어나지 않는다. 나는 그
냥, 글을 썼다. 언제나 그렇듯 그냥 쓰고 또 썼다.

　그리고 또 시간이 흘렀다. 2002년, 처음 입봉했을 때로
부터 20년이 지났다.

　나는 40대다. 40대의 나는 사회에서 제대로 자리를 잡고
업적을 남긴 인물이 되었을 줄 알았다. 통장 잔고 걱정을 하
지 않고 살아도 될 줄 알았지만 그렇지 않다.

　이젠 내 이름의 집이 있다. 하지만 집을 유지하는 데 드
는 비용이 만만찮다. 나는 여전히 매달 줄어드는 통장 잔고
를 볼 때마다 불안해한다. 가끔 동네 구인구직란에 올라오
는 월급을 보며 취직을 하고 싶어 한다.

　그러다가 조금 지나면 또 생각한다. 조금 더 써보자. 조
금만 더 쓰다가 안 되면 취업을 생각하자. 그때 가서 생각해
도 늦지 않을 거야.

10년 후의 나는, 20년 후의 나는 어떨까. 그때의 나 역시 지금처럼 고민하고 있을까. 여전히 불안해하면서도 어떻게든 글을 쓰고 있을까.

아마도, 그럴 것 같다. 그렇게 살며, 쓰며, 어떻게든 버티고 있을 것 같다.

김이듬

경남 진주에서 태어나 부산대 독문과를 졸업하고 경상대 국문과대학원에서 문학 박사 학위를 받았다. 2001년 계간 『포에지』 신인상을 받으며 작품 활동을 시작했다.

7권의 시집 『별 모양의 얼룩』(천년의시작, 2005), 『명랑하라 팜 파탈』(문학과지성사, 2008), 『말할 수 없는 애인』(문학과지성사, 2011), 『베를린, 달렘의 노래』(서정시학, 2013), 『히스테리아』(문학과지성사, 2014), 『표류하는 흑발』(민음사, 2017), 『마르지 않은 티셔츠를 입고』(현대문학, 2019)와 장편소설 『블러드 시스터즈』(문학동네, 2012), 3권의 산문집 『모든 국적의 친구』(난다, 2016), 『디어 슬로베니아』(로고폴리스, 2016), 『안녕, 나의 작은 테이블이여』(열림원, 2020)가 있으며 연구 서적으로 『한국현대페미니즘 시연구』(국학자료원, 2015)가 있다. 영역 시집 『CHEER UP FAMME FATALE』과 『HYSTERIA』가 있다. 영역 소설집 『Blood Sisters』가 있다.

시와세계작품상, 김달진창원문학상, 올해의좋은시상, 22세기문학상, 김춘수시문학상, 전미번역상, 루시엔 스트릭 번역상 등을 수상했다.

죽은
시계를 차고 다닌
일 년

#1. 납골당에 가다

지나치리만치 살아 있는 꽃 같다. 만져보기 전에는 몰랐다. 조화는 최대한 자연스럽게 만든다.

납골당 앞에서 생화 같은 장미 한 송이를 샀다. 납골당 유리벽에 붙인다. 안 지워지는 글씨로 쓴 엽서도 붙인다. 뭐라고 써야 할지 한참 망설이다가 쓴 짧은 두 문장. "아버지, 시계 잘 간직할게요. 고마워요." 나는 무릎 꿇고 책받침만한 유리벽을 도배하는 사람 같다.

아버지는 올봄에 돌아가셨고, 아버지가 여기 계시지 않다는 것을 나는 알지만.

연말이 다가오는데 아버지가 소나무 있는 곳까지 걸어가셨다. 삽을 들고 언 땅을 파헤쳐 깊이 내려가셨다. 큰아버지 댁이 있던 대평면 언덕 같았다. 거기 묻히고 싶다는 말씀을 한 적이 있다. 꿈에서 흐느끼면 잊히는 게 정상이라던데, 간밤의 꿈이 생생한 까닭은 말씀을 못 들어드렸기 때문일까.

마주보는 자리는 비싸다. 손이 잘 닿는 칸들은 분양료가 높다. 나는 아버지를 납골당 맨아래 모서리에 모셨다. 빌라에 사실 땐 5층 꼭대기까지 걸어 오르내리시게 했는데. 생전이나 사후에도 아버지를 잘 뵙기가 어렵다.

새어머니는 편찮으시다. 꼬박 4년 간병해 온 당신이 떠나자마자 만신이 아프다고 하신다. 사후에도 사랑은 증명할 수 없을 것이다.

저녁눈이 내린다. 때 이른 하강이다. 나는 어릴 적처럼 입을 벌린 채 눈을 받아먹지는 않았다. 무한히 아름다워서 인공눈 같다.

#2. 시장에 가다

"약 넣으러 왔어요." 나는 차고 있던 시계를 푼다.

길모퉁이 시계 가게 주인은 저녁 식사 중이다. 먹고 있던 배달 도시락 뚜껑을 덮고 일어난다. 낡은 작업대로 가서 보조 확대경을 왼쪽 눈에 붙이고 시계 뚜껑을 연다.

"시계가 멈춘 지 오래되었죠? 시계 배터리에 녹이 슬었네요. 이 배터리는 이제 안 나옵니다. 이십 년 전에도 구하기 어려웠어요. 특이하게 플러스극과 마이너스극이 반대로 장착된 배터리라 시계 판 전체를 바꿔야 하는데 그러느니 새로 사는 게 낫죠."

"어떻게든 약을 구할 수 없을까요?"
"이제 어디서도 구할 수 없을 겁니다"

남대문 시장에서도 오래된 시계를 잘 고치기로 소문난 할아버지가 포기하라고 말한다. 나는 여러 시계 수리점을 거쳐서 여기 왔다.

아버지가 차던 오메가 시계인데 바람 부는 골목에 서서 네이버 사전을 찾아보니, 오메가란 그리스 말로 끝, 종말이란 뜻이라고 나온다.

마지막으로 넓고 환한 귀금속 가게에 들어왔다. 나보다 먼저 온 이가 목걸이를 팔고 현금을 받아 나갔다.

"그 순금 목걸이가 그렇게 싸요?"

"저 아가씨가 어젯밤에 와서 이게 맘에 든다며 같이 온 남자분한테 선물받은 건데요, 오늘 도로 갖고 와서 현금으로 달라고 했어요. 살 때 가격보다 훨씬 낮은 가격에 되판 거죠."

여기서도 내 시계 알은 구할 수 없다고 한다. 오십 년 넘은 시계니까 골동품으로 간직하라고 했다. 나는 다리가 아파서 좀 쉬었다 가도 되겠냐고 물었다. 빨간 플라스틱 의자에 앉아 주인과 함께 천장 가까이 매달린 작은 텔레비전을 보았다. 주인은 금을 팔고 간 아가씨에 관해 나에게 더 말해주고 싶은 게 있나 보다. 그녀는 남자를 바꿔가며 자주 오는데 항상 순금 제품을 고른 후 다음 날에 혼자 되팔러 온다고 했다. 사람들은 교환하고 팔고 사고, 이 세상은 커다란 시장일까.

"이 골목에는 출생신고하지 않은 아이들이 많습니다. 아파도 병원에 갈 수 없고 나이가 차도 학교에 가지 않습니다. 유령처럼……." 텔레비전에서 다큐멘터리가 나온다. 화면에 나오는 아시아 저 골목은 여기와 닮았다. 세상에 없는 존재로 치부되는 사람들이 몸을 거래하는, 나는 약이라고 부르고 시계방 주인들은 알 혹은 배터리라고 부르는 이 작고 둥근 것을 매만진다. 다 닳은 세계를 손바닥에 놓고 본다.

다 소모된 것과 사라진 것의 차이는 뭘까. 모두 끝났다고 말해도 될까. 이 세상에 원래 없었던 것 같은 그것을 찾아 나는 어딜 이토록 떠도는 것인지.

#3. 망한 책방 앞의 골목길을 가다

'책방이듬'이 이전한 동네에는 외국인 노동자들이 많이 산다. 막다른 골목에 우르르 모여 모르는 말로 떠든다. 이들은 책방 앞에서 어슬렁거리거나 담배를 피우지만 책방에 들어와서 책을 보는 경우는 드물다.

나는 일산호수공원 앞에서 4년 가까이 책방을 운영하다가 이 후미진 동네로 책방을 옮겼다. 원래 창고였던 공간에 수도관을 연결하고 전기 공사를 해서 불을 밝혔다.

그즈음 부모와 친구들이 '제발 책방을 그만두라'는 조언을 했던 게 떠오른다. 여기서 2년 동안 훨씬 더 극심한 어려움이 있었다. 예상외로 코로나19와의 장기전에 돌입하게 되어 방문객이 드물었다. '책방이듬'의 주된 행사인 '일파만파 낭독회'를 이어갈 수도 없었다. 나는 많은 사람들과의 모임을 좋아하지 않는 성향이었음에도 책방 운영을 위해 그 낭독회를 햇수로 6년 동안 200회 이상 기획하고 진행해 왔다.

오늘 오후엔 책방의 새로운 세입자를 찾아 부동산에 왔다. 오래 망설이다가 책방을 내놓는 심정은 이루 말할 수 없이 참담하다. 매달 월세를 내고 아르바이트생 시급을 드리는 것, 각종 세금을 부담하는 게 힘겨웠다. 그 시기, 2022년 봄날처럼 우울감과 실패의식이 지속된 적은 없었던 것 같다.

성저로에 있는 부동산에서 나처럼 방을 구하러 온 칭기

스를 만났다. 우리는 부동산 중개인이 누군가와 전화 통화를 하는 사이에 영어로 대화했다. 그는 가장 싼 원룸을 찾고 있었다. 지하방이어도 좋다고 했다. 그는 이크 자사그 대학을 꽤 좋은 성적으로 졸업했다고 했다.

외국인 노동자라고 불리는 그는 현재 공사장 인부로 일하고 있다. 파이프와 줄 하나에 의지하여 높은 곳으로 올라간다. 그가 고향인 몽골 초원에서 나무타기를 좋아했는지 나는 알지 못한다. 그는 그의 아버지가 지어준 왕의 이름으로 말한다.

"나에게 밥 좀 주세요."

"오늘이 마지막 날이야." 식당 아주머니가 일요일에 폐업한다고 한다. 만약 그녀가 빵 가게를 차렸거나 꽃나무 좋아해서 꽃 가게를 열었다면 계속 버틸 수 있었을까. 칭기스가 여행을 좋아해서 여행 가이드가 되었다면 나를 쳐다보며 웃지 않았을까.

나의 근로는 무엇인가. 어릴 적부터 책이 친구였고 책 읽기가 취미였지만, 좋아하는 것이 업무가 된 후로 나는 땅을 발로 찼다. 월세 싼 동네로 이사해야 했다. 이 동네 골목에는 공사장 흙 옆에 흙더미가 있고 빈집 옆에 빈집들이 있다. 칭기스와 테무진 같은 몽골인 노동자들이 모여서 지하방과 반지하방에 산다. 이 골목은 별이 빛나던 초원에서 멀다.

세계는 예술로서만 존재한다[1]고 적힌 두꺼운 노트에 나는 입출금 내역을 기록해 왔다. 돈을 좋아해서 은행원이 된 사람은 없겠지만 어두워져야 켜지는 가로등처럼 나는 돈을 밝히는 사람이 되어갔다. 은하수보다 돈을 사랑하는 사람이 되는 건 아닐까. 시계를 거꾸로 돌린다면 빛나는 시절을 찾을 수 있을까. 글만 쓰며 먹고살 수 있는 세계를 발견할 수 있을까. 빚이 많아져서 빛을 발음할 때에도 은행 빚을 떠올리게 된다.

땅 투기꾼들은 본 적 없고 쓰레기 투기꾼투성이인 골목. 쓰레기 옆에는 쓰레기가 있고 나도 쓰레기 같다. 나는 줄을 잘 서지 못한다. 품에 안은 있는 것을 내려놓고 싶다. 소규모 문화공동체니 뭐니 하며 꿈꾸었던 책방을 내놓다니! 벽옆에 벽이 있다. 봄이 와도 내 화분의 꽃을 볼 수 없겠지.

1 프리드리히 니체(Friedrich Wilhelm Nietzsche, 1844-1900)

시멘트 담은 무한히 높아질 것 같다.

내일도 칭기스는 비계에 올라 금속판을 붙일 것이다. 판 옆에 판을 붙이면서 불현듯 판을 엎어버리고 싶은 심정을 가질지도 모른다. 나는 수평 맞추기를 좋아하지만,

좋아하는 일을 하며 살 수 있는 땅은 발아래 없다. 그래서 인부들은 밤에도 사다리와 파이프 따위를 밟고 공중으로 올라갈까. 돌아갈 곳이 없어서 돌아보는 건 아니겠지. 표범 무늬를 가진 작은 고양이가 담에서 담을 건너 초봄으로 사라진다.

#4. 터미널에 가다

"이 짐 좀 맡아주세요." 내가 고개를 끄덕이기도 전에 그는 사라졌다. 모르는 사람이 두고 간 가방을 내 복사뼈 옆으로 옮긴다. 가방은 보기보다 무겁다.

터미널 뒤편에는 강이 있다. 여기 오는 도중에 강둑길을 걸으며 흙탕물을 보고 있었다. "조심해, 밖에서 보는 것보다

훨씬 깊어." 모르는 사람이 모르는 사람에게 말했다.

이 오래된 성곽도시에서 나는 안다고 말할 만한 사람이 없다. 외롭다는 말은 아니고 안심한다는 말도 아니다. 무심코 시계를 본다. 내 손목시계는 죽었지만, 하루에 두 번은 시간이 맞다. 쏟아지는 초여름 저녁을 사랑해서 어디든 갈 수 있을 것 같다. 하지만 진짜 가고 싶은 곳으로 가는 직행 버스가 없다. 나는 시의 언어처럼 우회로를 선택해야 하는 운명 같다.

처음 보는 사람이 가방을 맡기고 갔는데, 그는 왜 안 오는 걸까? 내가 환승을 위해 기다리던 버스가 출발하려고 하는데 이러다가는 저 차도 놓치게 될 것 같다. 막차는 아니겠지. 가방을 맡겨놓은 사람은 오지 않는다. 몹시도 야윈 그 사람이 무례하게도 나를 짐꾼 취급하는 걸까. 화를 내고 싶은데……. 여행 가방만 한 나를 세상에 맡겨두고 찾아가지 않은 사람이 있었던 것 같아, 비딱하게 쓰러진 짐을 일으켜 세운다.

#5. 베를린에 가다

일주일간의 베를린 국제 포에지 페스티벌이 끝났고 나는 자가격리 명령을 받았다. 한국으로 돌아오려고 PCR 검사를 했는데 코로나 확진자로 판명 났다. 이 나라는 열흘 동안 격리해야 한다고 했다.

페스티벌 초청 작가라서 왕복 항공권과 호텔, 1,000유로의 낭독료를 받고 생활했지만, 그때부터는 내 돈으로 어딘가에서 자가격리 해제통지서가 나올 때까지 버텨야 했다. 싸구려 격리 호텔을 찾아 트렁크를 끌고 갔다. 체크인하는데 로비에 울려 퍼지는 존 덴버 목소리, 컨트리 로드, 테이크 미 홈, 투 더 플레이스 아이 비롱, 잔혹하리만치 마음을 후벼 파는 곡이 흘렀다.

열흘 동안 방에 격리되어 진통제와 해열제를 번갈아 먹었다. 창밖으로는 공원 묘지가 보였다. 끝이 보이지 않는 수많은 무덤과 비석 들 사이로 연인들이 걷는 모습을 볼 때도 있었다. 노르스름한 빛의 고양이와 검은 고양이가 번갈아 보이는 저녁도 있었다. 배달 음식을 아껴 먹었다. 격리 기간 동안 고립감이나 단절감 같은 걸 느낄 여유가 없다. 그냥 그 상태를 즐기려고 했다. 페스티벌에 참석했던 외국 작가들이 준 책을 읽거나 부치지 않을 편지를 썼다. 그러나 집중력이 현저히 떨어져서 진통제를 먹으며 아프고 서럽고 다소 억울하긴 했다. 누구한테 옮았을까, 내게 처음 전염병을 옮긴 사람을 찾아가고 싶지만, 아무리 기억을 뒤져도 짐작 안 되었다. 어디서 온 건지 모르기는 시도 마찬가지가 아닐까. 어린 시절의 나는 어느 날 열이 나며 추위를 느꼈고 거푸 기침을 하며 시를 쓰기 시작했던 것 같다. 원인 불명, 부지불식간에 온 시를 향한 창작열은 나의 체질과 유전자를 변형시켰다. 의기소침하고 세상에 대한 원망이 컸던 아이가 시를 읽고 쓰면서 소음이 멈추는 세계로 들어갔다. 시간이 믿을 수 없이 멈추었다. 나를 낳아두고 떠난 엄마가 나에게 되돌아오는 꿈을 꾸기도 했다. 시를 통해 도착하는 세계에서 나는 낯선 공기에 휩싸여 자신을 뒤돌아볼 수 있었다. 불확실한 미래에 관한 공포로부터 얼마간은 자유로울 수 있었다. 시든 바이러스든 때때로 사람들을 죽음에 이르게도 한다. 감염되었던 사람들은 거기에 대한 막연한 면역을 가지게 된다. 시의 경우는 영원한 동경의 후유증을 남긴다. 한 번 문학에 감염되면 거기서 빠져나올 방법은 없다. 죽을 때까지 쓰는 편이 낫다.

공항으로 왔다. 격리 명령은 해제되었지만 한국 가는 비행기에 탑승하기까지 43시간 더 남았다. 열흘 넘게 호텔 비용을 감당할 수 없었다. 공항에서 하룻밤을 잘 것이다. 여기는 브란덴부르크공항이다. 터미널 1의 출국장 벽에 기댔다가 바닥에 앉아 있다. 여기서 이틀 가까이 먹고 잘 것이다. 알랭 드 보통은 『공항에서 일주일을』(청미래)이라는 에세이를 썼다. 히드로공항 터미널 5의 소유주로부터 초청받아 쓴 글이라 유머러스하지만 나의 경우는 블랙코미디. 생존의 문제라서 어쩔 수 없다.

지하철 타고 공항에 도착하자마자 간 곳은 '레베'라는 슈퍼였다. 도착하자마자 한 짓은 눈물 쏟기, 더는 언급하기 싫다. 아무튼 슈퍼에서 둥글고 큰 호밀빵과 생수를 샀다. 트렁크 끌면 공항을 오가는 평범한 사람들처럼 보인다. 계단에 앉아 빵을 씹는다. 시큼한 맛이 나는 빵, 둥글고 큰 빵, 무거우며 딱딱한 표면을 가진 이 빵의 표면은 달처럼 균열이 있고 식욕을 자극하는 짙은 갈색의 빵. 나는 굽는 과정에서 자연스럽게 갈라지는 이 균열을 좋아한다. 영혼이 있다면 둥글 것이고, 거기에 균열이 있는 사람과 친해지고 싶다. 지금 당장 중요한 건 가성비, 2유로 50센트에 산 이 빵을 출국 전까지 뜯어먹을 수 있다는 것. 내 양식인 이 빵은 사흘간 상온에서 상하지 않은 채 더 안정된 맛과 향을 품는다. 격리 기간 동안 경험한 사실, 내가 아무리 뜯어먹어도 줄어들지 않는 영혼의 문제. 마음은 스스로 증식한다. 이 빵은 100%의 호밀로 만들어지지 않았지만 호밀빵이라고 부른다. 내가 100%의 인간적인 것으로 만들어지지 않았지만 인간인 것처럼. 나는 지금 내 손에 있는 이 빵에 관하여 무한정 쓸 수 있을 것 같다. 시간이 많다. 내 손목시계는 흐르지 않는 시간을 가리킨다. 호밀은 밀이라기보다 보리에 가깝다고 한다. 글루텐이 없기 때문에 부풀지도 않는다. 겉은 딱딱한데 속은 부드럽다. 저처럼 말이지, 이런 생각을 하면 웃을 수 있다. 하루하루 맛이 달라지는 것도 유동적인 나하고 닮았다. 나에게 빵은 중요하고 계속 먹을 수 있고 이것에 관해 쓰는 게 재밌다. 호밀빵은 세이글이라고도 부르는데 폴란드, 슬로베니아, 러시아, 독일에서 많이 먹는다. 어떤 오브제든 써보면 이 현실에서 벗어나는 미로를 발견하게 된다. 이 전염병의 시대쯤이야, 하는 담대함을 찾아야지. 8월인데 춥다. 공항의 에어컨 시설이 너무 잘 되어 있나 보다.

지금 독일 하늘은 구름으로 뒤덮여 있고 잿빛 건물들로 둘러싸인 광장이 보인다. 창밖은 그만 보고, 나는 오늘 밤 어느 의자에 기대어 잘 것인가를 결정하기 전에 물을 좀 마셔야겠다. 뭘 어찌하려고 이러는 건 아니다. 대책 없이 시간을 죽이고 있다. 시간을 죽이거나 살리는 데는 쓰기만 한 게 없다. 공항에 오면 벽에 기대앉아 노트북을 펼치고 있는 지친 사람들을 볼 수 있다. 그들 중 하나가 나다.

진짜 말할까 말까 망설이고 있는 것은 돈이다. 빵과 돈에 관해서 말한다는 게 뭔가 궁색한 느낌을 주지 않을까. 사랑에 관해 쓰면 좀 있어 보이겠지.

동전을 던지는 사람들에게 말하고 싶다. "플리즈 기브 미 원 달러"라고. 구걸할 땐 영어가 편하겠다. 사람들이 공항 내 슈퍼 옆에 있는 유리관 속으로 동전을 던지고 있다. 유리관에는 몇 개의 작은 틈이 있고 그 안엔 무엇인가가 전시되어 있다. 가까이 다가가 보니, 강철로 만든 초소형 비행기 같기도 하고 펼쳐놓은 두꺼운 책처럼도 보인다. 푸르스름한 고철에 쇠망치질과 납땜을 하여 만든 새 같기도 하다. 몇 마리 새가 대리석 바닥으로 추락해 꼬꾸라져 있는 형상이다. 행인들이 그 날개에 동전 맞추기 게임을 하는 것이 분명하다. 날개 위에 동전이 올라갈 때까지 연속적으로 던지는 자도 있다. 수많은 동전이 펼쳐진 책 같은 날개 위에 그 주변에 가득 흩어져 있다.

저 유리관 안으로 들어가서 동전을 주워 나온다면 호텔을 잡아 하루 잘 수 있을 것이다. 나는 유리관을 빙빙 두 바퀴째 돌아본다. 관을 부수지 않는 한 들어갈 수 없겠군. 노인이 떠나면서 동전을 던졌다. 연못에 동전을 던지는 사람처럼 조심스럽게. 초록색 눈동자의 아가씨가 2유로짜리 동전을 던지고 갔다. 사람들은 살덩이를 던질 수 없으니 돈을 던지는 걸까? 베를린공항에 다시 돌아오고 싶은 마음을 담아 돈을 던지는 걸까? 하긴 마음을 담기엔 동전만 한 게 없어 보인다. 사람들은 돈을 더럽다, 추악하다 하면서도 얼마나 돈을 사랑하는지 우리는 알지 않는가. 아니면 동전이 거추장스러워서 버리는 기분으로 던지는 걸까? 유로화를 쓸 수 없는 이국으로 영원히 떠나는 거라서? 어느 나라 동전이든 둥글고 예쁘다. 반짝거리는 1센트는 1센트만으로 만들 수 없다. 심지어 동전은 주머니에 쑤셔 넣어도 구겨지지 않는다. 동전은 멀리 던질 수 있다. 나한테 동전을 좀 주시겠어요? 나는 지금 동전에 관하여 무궁무진 쓸 수 있을 것 같다.

유리관 둘레를 세 번째 돌며 알았다. 이것은 예술품이다.

작년에 두 명의 작가가 앙상블로 제작한 조각품들이다. 공항에 전시되어 철판 소형 비행기들로 보였지만 눈여겨보니 그 유리관 표면엔 흰 글자로 이렇게 씌어 있다. 'L'Albatros'라고.

Ce voyageur ailé, comme il est gauche et veule!
Lui, naguère si beau, qu'il est comique et laid!
L'un agace son bec avec un brûle-gueule,
L'autre mime, en boîtant, l'infirme qui volait!

이 날개 달린 나그네, 얼마나 서투르고 무력한가!
방금까지 그리 아름답던 신세가, 어찌 이리 우습고 추레한가!
어떤 녀석은 파이프로 부리를 때리며 약을 올리고,
또 다른 녀석은, 절름절름, 하늘을 날던 병신을 흉내 내네![1]

심지어 희고 작은 글자로 샤를 보들레르의 '알바트로스' 일부분이 적혀 있다. 공항 지하 출입구 자동문으로 들어오고 나가는 사람들이 이 작은 글자들을 읽었을 리 만무하고 이 추락한 소형 비행기로 보이는 것들이 알바트로스를 상

---

1 「알바트로스」일부(『악의 꽃』, 샤를 피에르 보들레르 지음, 황현산 옮김, 민음사)

징한다는 걸 알 리 없지 않을까? 그럼에도 불구하고 이 안에 동전을 던져 넣는 이유는 뭘까? 대부분의 사람들은 무심코 지나가곤 한다. 복잡한 출입구 가까이, 그것도 슈퍼와 카페 사이 복잡한 통로에 설치되어 있기 때문에 오히려 걸리적거리는 방해물쯤으로 생각하기 쉽다. 하지만 유리관 작은 틈을 통해 동전을 던져 넣는 심리는 뭘까?

나는 다시 빵을 씹으며 생각한다. 고귀한 사유가 아니다. 아, 초밥 먹고 싶다, 쏟아진 된장찌개라면 핥아먹겠어. 차가운 대리석 바닥에 추락한 천사 혹은 저주받은 시인의 형상을 하고. 호밀빵은 시큼하고 씁쓸하다. 빵으로 채워지지 않는 허기에 관해 말하면 배부른 소리한다고 하겠지. 배가 고파서 이만 써야겠다. "이 날개 달린 나그네, 얼마나 서투르고 무력한가! 방금까지 그리 아름답던 신세가, 어찌 이리 우습고 추레한가!" 이게 시인의 운명일까. 야유 소리가 들리는군. 오늘 밤 눈 붙일 자리를 찾아봐야 한다. 해가 졌는데 공항에는 여전히 사람들이 북적거린다. 오히려 아까보다 더 많아졌군. 2층 출국장 쪽에 스타벅스가 있고 그 근처 긴 의자가 새벽엔 조용할 것 같다. 몸이 자꾸 움츠러든다. "절름절름, 하늘을 날던 병신을 흉내 내네!" 나를 붙잡아 공항

밖으로 끌어내는 공항 경비원이 없기를 바란다.

이제 노트북을 접겠다. 이 낡은 노트북도 알바트로스를 닮았다는 걸 방금 깨달았다. 돈도 친구도 없을 때 혼자서 시간을 때우는 데는 몽상과 창작만 한 게 없다. 그럼, 물을 마시고 호주머니의 동전을 세어보겠다.

#6. 쓰는 자의 길을 가다

매년 일어나는 일, 아니 매일 발생하는 일, 사람이 사람을 죽이는 일, 아니 가족이 자기 혈육을 죽이는 일. 목련빌라 옆에 신생아가 죽어 있었다는 소문을 들었다. 빌라 건물사이 아스팔트 위에서 발견되었다고 뉴스가 떴다. 첫눈이 내린 밤에 누가 버린 것 같다고, 나체로 발견된 아기는 얼음처럼 얼어 있었고 탯줄도 달린 상태였다.

내가 사는 연립주택에서 목련빌라까지는 도보로 10분 거리다. 나는 발꿈치 들고 빌라 안으로 들어갔다. 그곳에는 아홉 개의 똑같은 철문이 있었다. 어린 시절에 살던 곳과

흡사했다.

　연말이라 친구들을 만나려고 마을버스를 탔다. 함박눈
이 내리고 있었다. 빈자리가 많았다. 버스가 내리막길에 섰
다. 누추하게 젖은 사람이 손에 천 원을 들고 버스에 올랐
다. 운전기사가 승차를 거부했다. 그는 얼굴을 공개하고 있
었다. 그는 마스크가 없었다. 그는 왜 정류장 옆 편의점에서
마스크를 사지 않았을까. 마스크 한 장 살 돈도 없었을 것
이다. 그는 눈길을 터벅터벅 걸어 저렇게 걸어 내려간다. 내
가방 안에는 새 마스크 한 장이 있는데, 나는 왜 그것을 얼
른 꺼내어 그에게 주지 못했을까.

　나는 등받이에 기대어 눈을 감는다. 눈물을 흘리지 않는
다. 거친 숨소리가 들린다. 마을버스 뒷자리에는 어린 시절
의 내가 앉아서 새엄마한테 꾸지람 들으며 울고 있다. 팔목
에 푸른 멍이 있다.

　눈살을 찌푸리며 버스 창문 너머로 하늘을 바라본다. 목
을 비틀어야 보이는 게 있다. 어떤 기억은 노선을 벗어난
버스처럼 영영 오지 않거나 느닷없이 들이닥친다. 기억의

표지판에 적힌 시간표대로 오지 않는다.

정확한 동기를 탐문하는 일, 모두 극구 부인하며 모른다고 하는 일, 꼬리에 꼬리를 무는, 아니 토막토막 잘린.

희대의, 극적이지 않은, 첫눈이 매년 내린다. 나는 평생 첫눈을 쉰 번 정도는 겪은 것 같다. 왜 사람의 첫사랑은 한 번이라고들 할까. 왜 사람의 부모는 한 쌍이라고 생각할까. 어떤 이에게는 아버지가 셋이기도 하다. 나에게는 엄마가 둘밖에 없다. 세상에 태어나 부모를 가져보지 못한 사람들도 있다.

이 세상에 없는 것을 찾아다니는 건 어리석은 짓일까? 신은 있는가. 사랑이라는 게 정말로 존재할까. 사회가 만든 이데올로기는 아닐까. 시를 써서 뭐하나? 시가 꼭 뭘 해야 할까. 아직도 내가 차고 있는 시계는 죽어 있다. 설날이 되면 죽은 시계는 죽은 채로 두고 새 시계를 사야지. 세상과 시차 없이 살아보는 것도 나쁘지 않을 것이다.

이원석

시를 쓰고 주짓수를 가르칩니다.

2020년 서울신문 신춘문예 시 부문 당선
2022년 시집 『엔딩과 랜딩』(문학동네)

대작가가
되는
기분

대작가가 되는 기분

어느 날 우리는 작가가 되기로 마음먹었다. 작가가 되기로 마음을 먹는다는 것이, 어떤 운명적인 사건으로 인해 그렇게 된다거나 하늘에서 뚝 떨어지는 계시를 받는다거나 한다면 자기 확신이 생기고 마음이 편할 것이나 우리는 그런 것 없이 그냥 어느 날 작가가 되고 싶었던 것이다. 그 그냥이라는 것이 말이 그냥이지 사실은 초등학생 때 의지할 곳이 시립도서관 어린이열람실밖에 없었다거나, 중학생 때 추리소설을 탐독하다가 책을 좋아하게 됐다든지, 그도 아니면 고등학생 때 문제집에서 손바닥만 한 지문으로 만났던 소설의 다음 이야기가 못 견디게 궁금했기 때문일 수도 있다. 하지만 그런 소소한 에피소드만으로 내가 작가가 될 운명이라고 말하기는 어렵다. 그러니 우리같이 소소한 마음으로 어느 날 작가가 되기로 결심한 사람들에게는, 밥벌이 호구지책에 시달리며 주위의 회의와 조롱 속을 표표히 걸어갈 때 붙잡을 뭔가 거창하고 그럴듯한 동아줄이 필요하다.

부자는 망해도 삼대를 가고 계획이 웅장하면 실패해도 중간은 간다고 했으니 우리는 그냥 작가도 아니고 보란 듯이 그럴 듯이 '대작가'가 되어보기로 하는 것이다.

대작가란 무엇인가

그리하여 우리는 그냥 작가도 아니고 '대작가'가 되기로 결심한다.

그럼 대작가란 무엇인가. 대작가는 한번 쓰면 출판사들의 출판 제의가 줄을 서고 계약금을 눈이 휘둥그레질 만큼 받는다거나 인세만 받으면서 여생을 개인 서재의 커다란 원목 책상 앞에서 보내는 그런 작가가 아니다. 작가 문인단체의 힘 있는 자리에 올라서거나 몇천만 원쯤 되는 상금을 서로 텅텅 주고받을 수 있는 작가는 더더욱 아니다. 대작가는 스스로의 결심으로 된다. 받는 원고료가 터무니없고 먹고살기 위해 투잡 쓰리잡을 뛰지만 돈이 되는 글을 써야 한다는 조바심 없이 자기 글을 쓰는 결심, 문단의 주목을 받지 못하고 어디 큰 문학 행사에 초청을 받지도 못하지만 스스로 주최한 작은 행사의 열 명도 안 되는 독자들 앞에서 서투른 포부를 밝히는 것에 부끄러워하지 않을 결심, 책이 팔리지 않고 세상 아무도 자신의 글을 모를 때에도 후대 사람들이 좋아할 것이라고 믿으며 신나게 글을 쓰는 결심 말이다. 경쟁하거나 줄 세우지 않고 동료를 신뢰하는 애정의 연대를 상상하는 마음과 끝없이 과거의 나와 경쟁하는 일일신 우일신[日日新 又日新]의 마음, 그게 필요하다.

될성부른 떡잎 vs 노란 싹수

그와 함께 가장 필요한 것이 자기 확신이다. 하늘에서 떨어지지 않은 자기 확신을 어떻게 확보할 것인가. 우리는 가장 가까운 사람들에게서 상처를 받았을 수도 있다. 번듯하고 돈 많이 버는 사람이 되길 바랐을 부모님에게 싹수가 노랗다는 이야기를 들었을 수도 있다. 그렇지만 그런 이야기

를 들은 적이 있다면 이미 우리는 절반의 성공을 거뒀다. 될
성부른 나무는 떡잎부터 다르다는 말을 듣고 자란 우리는
될성부른 푸른 떡잎을 놔두고 싹수를 노랗게 띄운 자식들이
다. 고만고만하고 천편일률적인 푸른 잎을 마다하고 독특하
고 남다르게 노란 싹수를 보였으니 개성 강한 작가로 자라
날 것이 분명하기 때문이다.

감나무 밑에서 입 벌리기

대작가가 되기 위해 노력하는 것에 지쳤다면 우리는 된
거나 다름없다고 마음먹으면 된다. 떼어 놓은 당상이다. 정
삼품 당상관과도 바꾸지 않을 대작가가 된다. 그러니 주눅
들 필요도 무리할 필요도 서두를 필요도 없다. 나의 속도에
맞게 천천히 한 발 한 발 나아가면 된다. 그런 기분이 우리
를 거기까지 가게 할 테니까. 자기 확신은 자만과 다르다.
자만은 감나무 아래서 거들먹거리며 감 따는 사람을 비웃고
자신은 감 따위를 먹지 않는다고 큰소리치는 것이라면 자기
확신은 감나무 밑에서 감을 사랑하는 것이다. 혹시 감나무
밑에서 입이나 벌리고 있는 장면을 상상했다면 그것도 괜찮

다고 생각하라. 누가 뭐라든 감나무 밑에서 입 벌리고 감이 떨어질 거라 생각하고 또 생각하자. 그 모습이 흉하다고 생각한다면 조금 멋진 옷을 입고 머리도 단장하고 멋진 폼으로 누워 기다리자. 노력 없이 요행을 바라자는 게 아니라 입을 벌리는 것이 얼마나 중요하고도 힘든 일인지에 대해 말하는 것이다. 눈이 오고 비가 와도 입을 벌릴 수 있는 근성이 우리를 감에 이르게 할 것이다. 감이 떨어질 때 낙하지점을 향해 반응 속도를 발휘하는 재능(간절함)을 우리는 갖고 있다. 감을 잡았다.

무엇을 쏠 것인가

　무엇을 쏠 것인지 생각하면 신이 난다. 뭐든 쏠 수 있기 때문이다. 어릴 적에 셜록 홈즈나 에르퀼 푸아로를 좋아했다면 추리소설을 쓰는 것도 괜찮다. 《스타워즈》나 『파운데이션』을 좋아하는 사람이라면 SF소설도 좋다. 장르적 특성을 이해하거나 이미 성취를 이룬 대작가 선배들의 발자취를 확인하기 위해서 명작으로 이름 높은 작품들을 읽어보는 것도 도움이 될 것이다. 그렇지만 읽어야 할 교양이 너무 많다고 겁먹거나 위축될 필요는 없다. 대작가들의 작품을 읽고 나는 다시 태어나도 절대 그렇게 쓸 수 없을 거라고 괴로워하고 포기한다면 그런 생각 말라고 자신 있게 이야기해 주고 싶다. "그렇게 쓸 수 없다면 다르게 쓰면 된다."[1] 스타워즈를 좋아하고 시 쓰기도 좋아하는 사람은 SF시를 쓰면 된다. 그런 장르가 없다고 타박을 듣는다면 그 장르의 창시자가 되면 되고 이미 그런 작품이 많다고 바람을 빼는 사람이 있다면 그 장르의 종결자가 되면 된다. 읽어야 할 책들이 너무 많다면 좀 덜 읽어도 좋다. 진짜 읽어야 할 것은 내 안의 마음이고 거기에 무엇이 있는지 밝혀야 한다. 선배들의 작품은 그 길로 가는 등불일 뿐 그 길 자체가 아니다. 다르게 썼다고 확신했는데 남들이 흔한 이야기 같다고 평가절하한다면 한 귀로 흘려들어라. 흔한 이야기가 됐다면 우리는 이미 장르의 문법을 잘 파악하고 업계에 안착한 것이다.

---

1 『대작가 명언집』 p.42. 이원석 시인 편 (허언 출판사)

작업실 마련하기
나중에 관광지가 될 작업 카페

대작가에겐 당연히 그럴듯한 작업실이 필요하다. 여기서 그럴듯하다는 것은 남에게 보이기 위해서 그럴듯해야 한다는 말이 아니라 자신이 보기에 그럴듯해야 한다는 뜻이다. 우리는 작업을 하러 갈 때 신이 나야 하고 가면 분위기가 잡혀야 하고 집중해서 몇 시간이고 있을 만큼 있다가 나올 수 있는 편안한 공간이 필요하다. 천이 안 되는 보증금에 저렴한 월세를 내고 아담한 작업실을 구한다면 더할 나위 없겠지만 생활비도 빠듯한 우리가 보증금을 목돈으로 마련하기도 쉽지 않고 매달 월세를 내는 것도 만만치 않다. 게다가 그런 아늑한 공간에 혼자 덩그러니 놓인다면 매번 낮잠이든 밤잠이든 푹 자면서 글을 못 쓰고 괴로워만 할 공산이 크다. 그런 면에서 카페는 불특정 다수의 시선을 받으며 적당한 긴장감을 유지할 수 있어서 좋다. 드러누울 공간이 없으니 낮잠을 길게 잘 수도 없다. 내 돈을 들이지 않고도 인테리어를 멋지게 꾸밀 수 있으며 비싼 커피머신을 들이지 않아도 맛 좋은 커피를 마실 수 있다. 게다가 좋은 음악을 선별할 수 있는 카페 직원이 있다면 더할 나위 없다. 그런 카페를 만나는 것은 쉽지 않으므로 주변의 카페들을 순례해 봐야 한다. 몇 주가 걸려도 상관없다. 몇 년을 다녀야 하므로 신중하게 골라보자. 카페에서 글이 써지지 않을 때는 상상해 보자. 먼 훗날 이 카페는 대작가 모모 씨가 작업실처럼 애용하던 공간으로 이름이 나서 우리의 생가 터와 함께 문학 패키지 관광 상품의 주요 포인트가 될 것이다. 우리가 쓰게 될 그 많은 작품들이 여기서 탄생했다고 가이드는 설명할 테고 그런 상상만으로도 우리는 다시 집중할 수 있다. 상상이 구체적일수록 실현에 가까워지는 법이니까.

작업 음악 선택하기
시그니처 뮤직이 필요하다

우리는 작업 음악도 선택해야 한다. 우리가 대작가가 된다면 인터뷰를 하게 될지도 모르고 인터뷰를 하게 된다면 작업할 때 자주 듣는 음악이 있냐는 질문을 받을지도 모른다. 그러니 작업 음악을 골라 놓는 것도 나쁠 게 없다. 매번 그때그때의 기분에 따라 음악을 들을 수도 있지만 작업할 때 듣는 음악을 마음에 정해두고 자주 들으면 음악이 플레

이됨과 동시에 작업 모드로 들어가는 '파블로프의 개' 효과를 누릴 수도 있다. 하지만 대작가라면 단순한 파블로프의 개 효과를 넘어서 음악을 통해 한 차원 높은 고양감을 얻어볼 수도 있다. 뛰어난 작가에게 멋진 음악가 친구가 있다면 어떨까. 좋아하는 곡이 있다면 그 곡의 뮤지션에 대한 정보를 모아보자. 오래전 사람이라면 뮤지션의 일대기를 담은 영화를 보거나 전기를 읽어보는 것도 좋다. 그 사람의 음악을 차근차근 모두 섭렵하면서 전체적인 이해에 근접해 가는 것이다. 그럴수록 우리가 듣는 작업 음악은 입체적인 세계로 다가온다. 그 안에 서서 천천히 손을 내밀면 멋진 음악가 친구의 손을 잡을 수 있을지도 모른다. 그와 교류한다고 상상하면서 그의 음악과 함께하면 우리의 작업도 더욱 풍성해질 것이다. 세계와 세계가 충돌하면 파편들도 모두 별이 될 테니까.

작업 도구는 뭐가 좋을까

스마트폰으로 시 쓰기

예전 대작가 선배들은 원고지에 연필을 고집했다. 처음

엔 컴퓨터로 글을 쓰니 원고지에 연필로 한 자 한 자 눌러 쓰는 맛이 안 느껴져서 글이 잘 안 써진다고 말하는 작가들이 있었다. 하지만 이제는 모두 자판과 모니터에 길들여져서 펜으로 쓰면 안 써진다고 하는 사람들이 더 많다. 어색한 작업 도구도 손에 길들이기 나름이다. 자판으로 글을 쓰는 것이 제일 편하지만 스마트폰으로 매순간 메모하는 습관을 들인다면 글 쓰는 작업의 중요 뼈대가 되어줄 것이다. 스마트폰의 장점은 깨어있는 거의 모든 순간 손에 들고 있다는 것이다. 그동안 번개처럼 스쳐 지나가기만 하던 문장들을 이제 스마트폰 메모장에 적어두자. 친구에게 카톡을 보내듯 매일 스스로에게 카톡으로 문장을 보내보는 것도 좋다. 카톡 창도 훌륭한 메모장의 역할을 한다. 하루에 한 문장씩만 적립해 두어도 훌륭한 종잣돈, 아니 종자문장이 될 것이다. 그 한 문장에서 모든 글이 시작된다. 뻔한 얘기 같지만, 가장 어려운 것은 매일 하는 것이다.

작업 스타일 정립하기
아침에 일어나는 새와 아침에 자는 새

아침에 일어나는 새가 먹이를 먼저 찾는다는 말이 있다. 하지만 자지 않은 새는 더 이르게 먹이를 찾는다. 자지 않은 새가 먹는 먹이는 따로 있다. 밤에 쓰는 작가는 이른 아침 출근하는 직업을 가져서는 곤란하다. 글을 쓰기 위해서는 부업 선택에도 신중해야 한다. 출근하듯 일어나서 아침부터 저녁까지 8시간 동안 성실히 글을 쓰고 책상을 물리며 퇴근하는 전업 작가도 있고 한두 시간씩 일찍 출근해서 회사 앞 카페에서 글을 쓰는 작가도 있다. 점심시간마다 짬을 내어 하루 한 장씩 원고를 채우는 작가도 있다. 자신에게 맞는 라이프스타일을 선택해서 일과 루틴을 거기에 맞춘다. 오래 쓰려면 체력도 좋아야 하고 오래 앉아 있어야 하니 튼튼한 허리도 갖추어야 한다. 틈틈이 시간을 내서 운동을 하는 것도 잊지 않는다.

매일 하는 운동을 정해 작업 루틴으로 만든다. 루틴은 단순할수록 좋다. 욕심껏 이것저것을 다양하게 넣으면 수행하기 힘들어 포기하기 쉽다. 종류도 하나, 개수도 간단하게 만든다. 윗몸일으키기[1]는 좋은 운동이다. 일으키는 운동이라서 지친 마음을 일으키기에도 좋다는 그럴듯한 슬로건을 덧붙이면 더 재미있다. 한 번에 열 개 밖에 못 한다면 딱 한 번 열 개만 하면 된다. 매일 열 개씩 하다가 여유가 생기면 열한 개를 한다. 개수를 한 개 늘리는 것은 어렵지 않다. "한 개를 늘려서 한계를 넘는다."[2] 그렇게 스무 개가 되고 서른 개가 되다 보면 언젠가는 백 개, 이백 개를 할 수 있을 것이다. 그렇게 우리는 오래 작업을 해도 지치지 않는 단단한 코어를 가진 작가가 된다.

> 총알을 받아내는 데 근육은 딱히 쓸모가 없지만
>
> 매일 밤 윗몸일으키기를 한다
>
> 마음을 일으키는 데 그만한 것이 없으니까
>
> 어느 때고 몸을 일으켜 떠날 수 있게
>
> 때로는 피로의 무게로 수면에 잠기기 위해[3]

---

1 머리 뒤에 깍지를 끼고 하는 방식은 추천하지 않는다. 머리를 지나치게 당기게 되어 목 디스크를 유발할 수 있다. 양손을 가슴 위에 X자로 교차하여 올려놓고 하는 것이 좋다.
2 『대작가 명언집』, p.76. 이원석 시인 편 (허언 출판사)
3 이원석, 『엔딩과 랜딩』, 문학동네, 2022, p.160, 「기우는 쪽으로, SPY」中

생계에 대해 고려해 보기

작가 입에도 빵이 들어간다

어떻게 살 것인가. 이 문장을 들으면 인생의 가치관을 떠올리는 사람들도 있겠지만 카드 연체에 시달리고 대출 이자를 갚고 하루 8시간 이상 노동을 해야 생계를 유지할 수 있는 사람이라면 '어떻게 살 것인가'는 '뭘 해서 먹고 살아야 하나'라는 말로 들릴 수밖에 없다. 생계만큼 작가의 발뒤꿈치를 무는 뱀이 어디 있을까. 자꾸 뒤돌아보게 만들고 종종 걸음 치게 만들고 밥도 편히 못 먹고 잠도 편히 못 자게 만든다. 우리는 무엇으로 일용할 양식을 구해야 하나. 우리의 본업은 언제나 작가다. 그리고 우리가 하는 다른 모든 일과 직업은 우리에게 언제나 부업이다. 그러니 어디에 있든 우리는 우리 안의 심지를 잃지 않을 수 있다. 그것이 나의 직업이 아니고 부업이라면 뭐든 해볼 수 있다. 전공을 살려 취직을 해볼 수도 있고 아르바이트를 할 수도 있다. 중요한 것은 글을 쓸 수 있는 시간을 확보할 수 있는 일자리여야 한다는 것이다. 무엇이 됐든 내가 원할 때 직장을 그만두고 전업작가의 길을 걸을 수 있게 신용카드는 쓰지 말아야 한다. 신용카드는 한 달 전 나의 소비를 응징하러 뒤늦게 찾아오는 처단자요, 매달 할부로 괴롭히는 고문자이기 때문이다. 현금을 쓰는 것이 불편하다면 통장에 있는 만큼만 쓸 수 있게 체크카드를 써보자. 잔고를 체감하며 쓰기에 제격이다. 잔고를 체감하며 체크카드를 쓰고 잔고를 체감하며 글을 쓴다. 대부분의 작가들이 생계와 치열하게 싸운다. 작가가 아닌 사람들도 생계와 치열하게 싸운다. 안타까운 일이지만 이 문제에 예외는 없다.

마음을 지나치기 위해 마음을 붙들기

  지금도 종종 떠올리는 장면들이 있다. 고등학교를 중퇴한 스무 살의 나는 부천의 어느 아파트 건설 현장에 있었다. 아직 유리창을 달지 않아서 겨울바람이 잘 벼른 창날처럼 가슴을 후비던 건물 이십 층 난간에서 목장갑을 두 개씩 겹쳐 끼고도 손이 얼어서 끼워야 할 나사못을 자꾸 떨어뜨렸다. 쓰고 버린 페인트 통에 구멍을 뚫어 철사로 고리를 만들고 화목을 잔뜩 담아서 불을 피우고는 각목에 걸어서 들고 다녔다. 바람을 피해 한쪽 구석에 붙어 서서 이것도 언젠가는 추억처럼 회상하겠노라고 이를 뿌득뿌득 갈았다. 돈을 모아 입시학원에 등록해서 부족한 학업을 채우고 어떻게든 대학 국문과에 들어가고 싶었다. 국문과에만 들어가면 좋아하는 책을 읽고 좋아하는 시를 쓰고 모든 게 행복할 것 같았다. 경기도 화성의 컨테이너에서 먹고 자며 공장 건물을 지을 때는 대학을 휴학하고 학비를 벌던 스물두 살이었다. 자려고 전기장판 위에 누우면 등은 뜨거웠지만 이불 밖 방안의 모든 것이 얼어붙었다. 새벽에 일을 하려고 작업화를 신으면 작업화가 딱딱하게 얼어서 발이 들어가지 않았다. 같이 자던 조선족 아저씨들과 함께 난로에 둘러앉아 신발을 구웠다. 얼었던 신이 녹으면 무럭무럭 김이 오르고 고린내가 등천하는 컨테이너 안에서 믹스커피를 타 마시며 웃었다. 고생이라 생각하면 불행했지만 후일에 술을 마시며 주워섬길 에피소드라고 생각하면 조금 나았다. 평생이라고 생각하면 견딜 수 없었지만 생각을 돌이켜 차를 타고 지나가는 풍경이길 바랐다. 차창처럼 빠르게 잘 지나가지지 않으면 자전거를 타고 지나간다고 생각하고 그도 아니면 걸어서 지나가는 산책길이라고 생각했다. 가난은 여전히 지나쳐지지 않고 지금도 백팩처럼 내 등 뒤에 붙어 다니지만 고통스러운 마음은 지나가서 되돌아볼 수 있게 되었다. 검정고시를 준비하던 시절 돈이 없어 즉석우동으로 한 끼를 때우던 배고픈 마음도, 식당 설거지를 하거나 청과물 도매시장에서 양파를 나르거나 오토바이 배달을 하던 마음도, 공사판에서 조적 일을 미장일을 전기와 설비와 목수 일을 데모도[1]하던 마음도 모두 지나갔다. 그리고 그 마음을 지나치기 위해 간절히 붙잡고 놓지 않던 마음이 있었다.

어떻게 쓸 것인가

앞선 이야기들이 너무 뜬구름 잡는 이야기처럼 느껴지지 않도록 구체적인 작업 방법을 첨부한다. 각자의 작업 스타일을 정립해 나가는 데 참고할 수 있을 것이다.

작업의 실제 1
공간을 만들고 주인공을 출근시키기

먼저 공간을 상상한다. 상상은 구체적일수록 좋다. 어렵

---

1 데모도는 일본어에서 따온 말로 과거 건설현장에서 자주 쓰이던 말이다. "보조공"으로 순화하여 써야 한다. 하지만 "데모도"라는 말이 불러오는 개인적인 감상 때문에 그대로 적는다.

게 느껴진다면 먼저 아주 구체적이고 작은 것부터 시작하면 좋다. 도시 전체를 한 번에 상상할 수는 없지만 작은 방을 상상할 수는 있으니까. 작은 방을 한 번에 구상해 낼 수는 없지만 테이블 하나는 상상해 볼 수 있다. 그리하여 테이블이 있다. 테이블은 차가운 금속 재질의 테이블이다. 테이블 앞에서 주위를 천천히 둘러본다. 보이는 것은 불 꺼진 방이다. 방은 좁고 어둡다. 작은 창으로 희미한 불빛이 들어온다. 어둡지만 익숙한 공간이므로 천천히 주변 사물들을 식별해 낼 수 있다. 테이블 옆에는 낡고 더러운 소파가 있고 소파 옆에는 작은 냉장고가 하나 있다. 어둠에 점점 익숙해지자 테이블 앞에 서 있는 나의 작업복 가슴에 붙은 이름표가 보인다. 'Roy'라고 써 있는지 '로이'라고 써 있는지는 알 수 없다. 다만 내가 이름표를 상상하자 마음속에서 '로이'라고 누가 속삭였고 거기엔 '로이'라는 이름표가 있다. 방의 크기로 미루어 짐작해 보면 이곳은 컨테이너를 개조해 만든 창고 같은 집이다. 벽에는 로이가 쓰는 공구들이 가득 걸려 있다. 이 정도면 됐다. 이제 로이를 출근시키고 다시 이 낡고 좁은 컨테이너 박스로 퇴근시키면 되는 것이다. 남은 이야기들은 로이가 다 보여줄 것이다. 나는 로이를 관찰하기만 하면 된다.

작업의 실제 2

SF 시 쓰기

(이원석, 『엔딩과 랜딩』, 문학동네, 2022, p.42, 「우주 밤」 中)

공간을 구축하고 나면 시를 쓰는 게 아주 수월해진다. 로이가 일을 마치고 돌아가 잠드는 컨테이너 숙소를 상상을 통해 구체화하면 나머지는 일사천리로 풀려나간다. 「우주 밤」이라는 시를 쓸 때, 로이의 이야기를 썼다. 방 안의 금속 테이블을 철제 선반으로 바꾸고, 퇴근한 로이가 컨테이너로 돌아와 무거운 공구를 선반 위에 던지듯 내려놓는 장면을 상상한다. 일과를 마친 공구들은 쉽게 선반에 던져진다. 노동을 마친 일꾼이 몸뚱이를 소파 위에 던지듯. 하지만 다시, 반복되는 일상 속에 가라앉은 담담함을 표현하기 위해서 '던진다'라고 쓰지 않고 '내려놓는다'로 고친다. 어둠 속이지만 로이는 선반의 위치를 기억한다. 보이지 않아도 왼쪽에 놓을 줄 안다. 대학 시절 학비를 벌기 위해 건축 현장에서 설비기술자의 보조 일을 했다. 그때 수없이 조이던 커다란 볼트와 너트 그리고 파이프 들, 렌치와 스패너 공구 들이 로이의 직업과 소재로 소환되었다.

컨테이너 안은 어둡다

하지만 익숙한 어둠 속에선

빛을 추억하는 것만으로도 볼 수 있다

로이는 왼쪽 철제 선반에 스패너를 내려놓는다

오늘은 볼트를 1400개 밖에 못 조였어

H빔은 끝도 없이 이어져 있지

2000개 이상을 조여야 할당량을 채우는 거야

로이의 하늘엔 공중도시가 있고 알만하고 살만한 사람들이 그곳에 산다. 그리고 로이는 그 공중도시를 유지 보수하는 일을 맡은 노동자이며 지상의 컨테이너 창고에 산다. 입시학원 강사 시절, 일을 마치고 집에 돌아오면 TV 앞 소파에 앉아서 보지도 않는 TV를 틀어놓고 오랫동안 앉아 있었다. 그 기억을 우주 밤이라는 프로그램으로 변용했다. 다음 날 아침 출근을 하는 사람은 일찍 잠자리에 들어야 하지만 하루 종일 닳아버린 감정을 누그러뜨리기 위해 노동자는 잠을 유예하고 새벽을 소모한다.

내일을 생각하면 잠이 오는 날이 드물어

하지만 그전에 맥주 한 병을 마시고

우주 밤을 하고 잘 거야

왜 꿈을 꾸지? 맘에 드는 현실 따위는 없으니까

우주 밤은 무슨 꿈을 꾸게 하지?

어떤 사람은 죽기 전에 이미 생이 끝나서

도돌이표처럼 인생을 살고 싶어해

볼트를 조이는 것보다 나은 일이라면 뭐든 꾸고 싶다고

설정 따위는 그만두고 다이얼을 돌려

아무 날에나 가 닿자고

　삶의 중요한 순간을 시에 담는 것은 독자들의 마음을 잡는 데 유효하다. 우리는 살아가면서 중요한 선택의 기로를 종종 마주친다. 로이는 공중도시의 교각 위에서, 그 순간을 놓치지 않고 손을 내민다. 손을 내밀어 무언가를 잡기 위해서는 쥐고 있던 것을 놓아야 한다. 그것이 자신의 삶에 중요하거나 절실한 것이라고 할지라도. 놓아버린 스패너는 반짝이며 지상의 어둠 속으로 떨어지고 먼 항로를 돌아오는 별이 교차하듯 맞잡은 손이 타오르지만 로이는 잡은 손을 놓

1　2039년 S사에서 개발한 기억 재생 장치. 2042년 정부는 우주 밤의 미성년 사용을 금지했다. 3년간의 베타 테스트가 유료화되며 전 세계적으로 수많은 폭동이 일어났다. 테스트 초기 논란이 되었던 기억 조작 의혹은 단순한 기기 조작 오류로 밝혀졌으나 의도적 오작동으로 기억을 훼손하는 사용자들은 점점 늘어났다.

지 않는다. 관계에서 교차와 충돌은 구분하기 어렵다. 부서
지거나 타오른다. 빛이 되거나 별이 된다.

> 교각 위에서 볼트를 조이다 스패너를 놓치면
> 어둠 속 단 한 번 반짝임으로 사라진다
> 볼트와 너트는 끝이 없어
> 먼 항로를 돌아오는 별처럼 다시 교차하는 순간에
> 스패너를 놓고 손을 내밀어야지
> 니켈처럼 너는 빛나고
> 두 손이 모두 타는 기억을 아로새기자

작업의 실제 3

스파이 시 쓰기

(이원석, 엔딩과 랜딩, 문학동네, 2022, p.150, 「SPY」全文)

좋아하는 스파이 영화를 보다가 기차역에서 주인공이 내
리는 장면을 보며 스파이 시를 쓰고 싶다는 생각에 빠진다.
장르적으로 익숙한 장소는 독자들이 공간을 상상하는 데 도
움을 준다. 수많은 영화에서 우리는 기차역 장면을 봐왔다.

그 공간에 영화 속 주인공이 아니라 스파이 시의 주인공을 데려다 놓으면 이야기가 시작된다. 스파이 영화의 등장인물들을 조금 비틀어서 약간의 로맨스를 더해보면 장르를 넘나드는 이야기를 풀어낼 수가 있다.

> 상관은 좋은 코트를 입고 열차에서 내렸지
> 나의 풋내기 시절
> 나는 담배 하나를 물고 건들거리며 허세를 부렸어
> 주위는 아랑곳하지 않고
> 눈 내리는 긴 플랫폼을 걸으며
> 코트 입은 사내는
> 자네는 할 수 없을 거라고 고개를 저었지

멋진 코트를 입고 열차에서 내리는 노회한 상관과 그를 동경하는 신입 스파이. 그들 사이의 긴장감에 하고 싶은 이야기를 살짝 더한다. 동경은 때로 집착이나 애정으로 변한다. 눈이 내리면 뭔가 더 분위기가 있을 것 같다. 코트 위에 눈송이가 떨어지고 애송이 신입은 조금 떨리는 마음으로 상관의 눈 내리는 코트 깃을 바라본다. 오랜 시간이 흐른 뒤에 산전수전을 다 겪고 은퇴를 앞둔 중년의 스파이가 어느 술집 바에 기대어 앉아 그 첫 만남을 회상하도록 해보자.

　　그 때 일은 하나도 잊지 않고 있어

　　이 일은 내게 맞지 않는 옷

　　비가 오기 전에 흩어져있는 조각을 모아야 해

　　단단하게 자라난 입술이

　　지렁처럼 뾰족하게

　　가리키는 곳에

　　나는 스파이

　　출렁이는 녹색 병에는 위스키

　　모스는 손끝을 떨며 암호를 전송해

　　삶의 목적을 잃고도 목표에 집중하지

　　네가 붙여준 별명은 가벼운 부리

　　어느 누구에게도 붙지 않은 근성을

　　당신은 높이 사지 않았다

　　상관의 눈에 들기 위해 신입은 임무에 최선을 다하지만 돌아오는 평가는 늘 냉정하다. 때로 열심은 방향을 잃어 애국인지 애정인지 애매하다. 스파이 시의 분위기를 내기 위해 기밀이나 암호, 명령 등의 단어들을 사용한다. 시가 가벼워지지 않도록 스파이에게 의심과 회한을 심어준다. 당연하게도 임무에 철저한 상관은 그의 고통을 외면한다.

때론 차라리 알려지길 원했지만
보호의 기밀원칙에 위반하는 사항
헬기처럼 뜨고 내리는 명령들
솔직히 몇몇 구절은 해독할 수 없었다
적들이 사지를 조여올 때마다
나는 나불댔지 나불댔지 새처럼 지저귀며
울었지 꼴보기 싫은 부리를 흔들며
너는 고개를 돌리고 말했어
가벼운 부리 가라앉지 않을 이방인

스파이에서 동서독, 동서독에서 독, 다시 둑으로 단어들이 꼬리를 문다. 둑의 구멍에 팔을 넣고 끝까지 버티며 마을을 지킨 소년의 이야기가 떠오르고 스파이는 소년처럼 버티며 상관을 지킨다.

세상에 흩어진 가지를 하나하나 물어오는 부리는
보기 싫지 진즉에 떠났어야 하는 기지를 지키며

고통에 굴하지 않는 굳건한 나의 부리는

시끄럽게 지저귄다 귀를 막고 우는

동맹을 뒤로 한 채 위스키를 홀짝이며

작전을 머릿속으로 복기한다

냉전이 무너지고 동서독이 독을 나눠 마실 때

둑을 막아 마을을 지킨 소년처럼

마지막까지 사랑하다 홀로 남은 스파이

암호명은

가벼운 부리

스파이물이 대개 시리즈로 이어지는 것처럼 스파이 관련 시들을 연작시로 쓰면 이미 만들어진 공간에서 많은 에피소드를 끌어낼 수 있다. 그리고 그 여러 에피소드 속에 진짜 이야기들을 암호처럼 감춘다.

묘비명 준비하기

(이원석, 『엔딩과 랜딩』, 문학동네, 2022, p.173, 「채신머리없는 말로의 말로」 中)

가벼운 부리, 말로는 이;제 이름을 얻어

차가운 비석에 말로,

이야말로 기꺼운 일 아닌가 자네의 말로는

우리가 덤덤히 작성해줌세

그가 내내 좋아했다는 보풀이 이는 체크무늬 셔츠와 함께

채신머리없는 자, 말로 여기에 잠들다

스파이 시의 마지막 연작시는 죽음으로 끝난다. 대작가의 마지막은 어떨까. 우리는 대작가의 기분으로 원하는 삶을 살았고 우리의 글은 우리가 살아 있을 때보다 그 이후에 더 환영을 받을지도 모른다. 언젠가는 묘비명에 들어갈 멋진 문장을 말해두는 것도 나쁘지 않다. 하지만 가족들에게는 묘비를 만들지 말라고 당부해 둔다. 나라에서 내가 죽으면 시비[詩碑]를 세울 거라고, 그러니 걱정 없다고 큰소리를 텅텅 친다. 묘비에 들어갈 문구로는 자신의 작품과 관련된 것도 괜찮을 것 같다.

"가벼운 부리 이제 입을 다물다."

우리가 결국 대작가가 되지 못하고 죽게 되더라도 이젠 상관없다. 이미 대작가의 기분을 충분히 느끼며 살았으므로

행복하였고 누구나 당신을 멋진 작가로 기억하리라.

일하며 글쓰는 작가들이 일하며 글쓰는 이들에게

© 김현진, 이서수, 송승언, 김혜나, 정보라, 전민식, 조영주, 김이듬, 이원석

초판 1쇄 발행   2023년 6월 27일

지은이   김현진, 이서수, 송승언, 김혜나, 정보라, 전민식, 조영주, 김이듬, 이원석
펴낸이   이재희

펴낸 곳   빛소굴
주소   경기도 파주시 회동길 145 아시아출판문화정보센터 202
전화번호   010-4643-3094
팩스   0504-011-3094
메일   bitsogul@gmail.com
인스타그램   @bitsogul
정가   15,000원
ISBN   979-11-980885-4-3(03810)